KiWi
PAPERBACK
952

Über das Buch:

Kabale und Liebe erzählt die Geschichte von Ferdinand, dem jungen adligen Major, und seiner Liebe zu dem Bürgermädchen Luise. Ihre Liebe scheitert, da die gesellschaftlichen Umstände diese nicht zulassen. In Schillers Klassiker waren es Standesschranken, doch was erzählt uns Kabale und Liebe heute? Woran zerbricht Liebe wirklich?
Was würde geschehen, wenn Ferdinand und Luise die Flucht gelingt und am Ende nicht der Selbstmord steht? Wenn sie ihre Liebe leben müssen, statt an ihr zu sterben? Wenn der Alltag beginnt …
Leander Haußmann und Boris Naujoks erzählen in Form eines rasanten Briefwechsels Schillers Klassiker neu, voller Humor und unerwarteter Entwicklungen.
Haußmanns gefeierte Verfilmung markierte einen großen Publikumserfolg im Schillerjahr. Sowohl im Film als auch im Buch zeigt sich sein großes Vergnügen an diesem klassischen Stoff: Eine Geschichte über Liebe, Eifersucht, Hoffnung und Enttäuschung.

Die Autoren:

Leander Haußmann studierte an der Berliner Hochschule für Schauspielkunst »Ernst Busch«. 1991 wurde er zum besten Nachwuchsregisseur gekürt, 1995 übernahm er die Intendanz des Schauspielhauses Bochum. Für seinen Kinofilm »Sonnenallee« erhielt er zusammen mit Thomas Brussig den Drehbuchpreis der Bundesregierung und den Filmpreis in Silber. Es folgte »Herr Lehmann«, der zweifach mit dem deutschen Filmpreis ausgezeichnet wurde. Im Herbst 2005 kam sein Film »NVA« in die Kinos. »Kabale und Liebe« inszenierte er bisher dreimal.

Boris Naujoks absolvierte ein Regiestudium an der HFF Babelsberg und ist seither als freier Autor und Dramaturg tätig.

Leander Haußmann/Boris Naujoks

Die wahre Geschichte von Kabale und Liebe

Kiepenheuer & Witsch

1. Auflage 2007

Umschlaggestaltung: Barbara Thoben, Köln
Umschlagmotiv: © Petro Domenigg/Filmstills.at
Gesetzt aus der Caslon
Satz: hanseatenSatz-bremen, Bremen
Druck und Bindearbeiten: Clausen & Bosse, Leck
ISBN 978-3-462-03736-4

Mit einem Vorwort von
Leander Haußmann

Vorwort

Alles fing mit Marina und Susi an. Ich war fünf, Marina glaube ich auch, und Susi meine Schildkröte. Ich war in Marina verliebt. Eines Tages brachte ich Susi mit in den Kindergarten, um bei Marina Eindruck zu schinden. Das klappte auch, denn Marina wollte Susi unbedingt ›mal halten‹. Ich gab sie ihr also, schon damals mit einer dunklen Ahnung, dass von nun an nichts mehr so sein würde wie zuvor. Und tatsächlich, Marina ließ Susi fallen …

Ich erzähle Ihnen diese Geschichte, lieber Leser, der Sie in Erwägung ziehen, vorliegendes Büchlein zu erwerben, um zu verdeutlichen, warum ich Kabale und Liebe in meinem Leben dreimal inszeniert habe. Worum geht es in Kabale und Liebe? Sicher auch um das Scheitern einer Liebe an den gesellschaftlichen Umständen, um eine Intrige, um ein kompliziertes Vater-Sohn-Verhältnis, um Lady Milford und Luise (zwei Frauen, die Opfer von Männern sind) – aber für mich vor allem um Vertrauen. Jenes Vertrauen, welches Ferdinand seiner Luise nicht in der Lage ist entgegenzubringen, und zwar von Anfang an nicht. Ganz im Gegensatz zu Luise, die zwar früh ahnt, dass sie unglücklich werden wird, Ferdinand aber trotzdem vertraut, einfach weil Liebe ohne Vertrauen für sie nicht möglich ist.

Und sie liebt Ferdinand. Wie ich seinerzeit Marina, die mein Vertrauen, wie Ferdinand Luises, bitter enttäuschte, weil sie zu blöd war, eine Schildkröte zu halten.

Bald nach der Ausstrahlung unserer Kabale und Liebe – Adaption im sogenannten Schillerjahr 2005, entspann sich auf der Internetseite »Lehrerfreund« eine lebhafte Debatte: Inwieweit darf man bei der Inszenierung eines Stückes in dessen Struktur eingreifen, es verändern, kürzen, verlängern usw.?

Der Schüler Carsten, 19, etwa meinte, dass »bevor man hochstehende Literatur für die blöde Masse verhunzt, sollte man es lieber bleiben lassen oder sogar verbieten, eine solche Volksverdummung zu produzieren«. Vielleicht etwas sehr zugespitzt, diese Ansicht, aber doch bedenkenswert. Denn auch wenn andere Diskussionsteilnehmer Carstens Postulat vehement widersprachen, seine Forderung streift doch eine Kernfrage, nämlich die nach dem Verhältnis zwischen einem Text und seinen Interpreten, also jenen, die ihn lesen, spielen, singen oder was auch immer.

Sie kennen doch die berühmte Frage nach dem einen Buch, welches Sie auf eine einsame Insel mitnehmen würden. Ich behaupte, dass wenn Sie dieses, also wahrscheinlich Ihr Lieblingsbuch, ausgelesen hätten und dann, weil Ihnen langweilig ist, einmal um die ganze Insel laufen und es schließlich wieder lesen würden, weil Ihnen immer noch langweilig ist, Sie ein vollkommen anderes Buch lesen. Sie könnten sich sogar wundern, wer diesen Schund auf Ihrer Insel hat liegenlassen. Das ist nichts anderes als das schon oft beklagte Grundproblem der hermeneutischen Differenz. Die Lücke zwischen Fremdheit und Vertrautheit, in die hinein jedes Regietheaterverbrechen ungehindert begangen werden kann. Jeder, der einen Text auch nur liest, von Aufführen ganz zu schweigen, interpretiert ihn, fügt ihm also etwas hinzu. Oder nimmt ihm etwas weg.

Als ich mich zum allerersten Mal mit Kabale und Liebe beschäftigt habe, geschah das im Rahmen eines Schulaufsatzes im Deutschunterricht bei meiner damaligen Lehrerin Frau Israel.

Ich kann mich an den genauen interpretatorischen Ansatz meiner Arbeit nicht mehr erinnern, vermute aber, dass ich die beiden liebenden Kinder als Vertreter des Guten und Schönen betrachtete, die im Kampf mit dem Bösen und Hässlichen stehen. Dass ich damals die DDR, in der ich als Reinkarnation Ferdinands aufwuchs, selbstredend dem Letzteren zuordnete, ahnte Frau Israel sicherlich, ließ es sich aber nicht anmerken und gab mir eine Eins.

Ferdinand, Luise und ich als Außenseiter der Gesellschaft, das hat sich nie geändert.

Wenn wir uns fragen, wer Ferdinand und Luise sind, werden wir etwas herausfinden. Und zwar über uns. Darauf kommt es an.

Das dazu. Und nun noch einmal zu Marina.

Kürzlich, eines Morgens vor dem Spiegel, wie das so geht, stellte ich fest, dass ich alt geworden bin. Und mit dieser Erkenntnis kam mir zum ersten Mal der Gedanke, ob im Sterben Luises und Ferdinands nicht auch eine große Gnade liegt. Ist es nicht eigentlich viel schöner, aus Liebe sterben zu dürfen, statt mit ihr leben zu müssen? – was, wie wir alle wissen, ein ziemlich mühseliges Unterfangen werden kann. Nein, sagte ich mir, mit der nötigen Festigkeit in der Stimme. Nein und nochmals nein! Mühselig vielleicht, aber schöner? – ganz sicher nicht. Und doch … hatte es nicht vielleicht sogar sein Gutes, in einem gewissen Sinn, dass Marina Susi hat fallenlassen? Würde ich mich denn sonst heute überhaupt noch an Marina erinnern?

Und an dieser Stelle kam mir und meinem Co-Autor Boris Naujoks, der mir eine ähnliche Geschichte aus dem Kindergarten erzählt hat, nur hieß das Mädchen Yvonne, und es kam keine Schildkröte drin vor, die Idee zu der wahren Geschichte von Kabale und Liebe. Was, wenn Ferdinand und Luise tatsächlich fliehen und also gezwungen sind, einfach nur zu leben? Ohne Gift, Intrigen, Schwüre und übermächtige Väter?

Was dann?

Sarah meinte übrigens beim »Lehrerfreund« am 29.11.2006 zu alldem:

»Das Stück ist zum Kotzen, aber der Film ist gelungen.«

In diesem Sinne …

Leander Haußmann
Berlin, im Dezember 2006

Sekretär Wurm an Präsident von Walter

den 29. Juni

Eure Exzellenz, Herr Präsident,
hiermit sende ich Ihnen die Abschrift eines von unseren Agenten beschafften Briefes Ihres Sohnes an die Kammerzofe der Lady Milford. Bei der in dem Brief erwähnten jungen Dame handelt es sich, wie weitere Untersuchungen ergeben haben, um die Tochter des Stadtmusikers Miller, Luise mit Namen.
Wie immer ergebenst, Wurm

Ferdinand von Walter an Sophie, Zofe der Lady Milford

den 28. Juni

Beste Mamsell,
obgleich Ihnen nicht bekannt, muss ich Ihnen diesen Brief schreiben. Sein Inhalt ist für mich von so entschiedener Bedeutung, dass ich Sie bitte, meine Aufdringlichkeit verzeihen zu wollen.
Ich weiß nicht, ob Sie sich Ihres Besuches auf dem Markt am Sonnabend erinnern. Es war ein regnerischer Tag und kühl. Sie trugen einen einfachen, doch überaus kleidsamen Spenzer, gelb oder hellgrün, dazu eine Schürze und vor allem eine auffallend geformte Riegelhaube. Ich darf Ihnen versichern, Sie sahen entzückend aus, und fast hätte man Ihre Begleitung übersehen können. Aber nur fast, oder eigentlich überhaupt nicht, denn dieses Wesen an Ihrer Seite, dieses Mädchen war die Anmut selbst.
Wie es mit Ihnen zusammen an Ständen Waren sorgsam

auswählte, wie es neugierig den Blick umherschweifen ließ, war ein Bild, das sich mir tief einprägte, vor allem, da ihr Blick schließlich auch mich traf. Zufällig sicher nur und über einige Entfernung, aber er genügte, um alles, was mir bisher als bedeutsam in meinem Leben vorgekommen war, plötzlich als ganz und gar gleichgültig erscheinen zu lassen. Mit einem Wort, jener Augenblick vermochte es, aus dem Dragoner-Major – und als solcher, in voller Uniform, 1 Meter 80 groß, schlank und mit dunklen Haaren, stand ich an dem bewussten Sonnabend auf dem Marktplatz – einen anderen Menschen zu machen. Und dieser bittet Sie, verehrteste Mamsell, ihm zu helfen. Ihm zu helfen im Namen der Liebe.

Wer auch immer dieses Zauberwesen ist, ob eine Freundin, Ihre Cousine oder eine Angestellte der Lady Milford, wie Sie selbst (durch Nachforschungen ist es mir gelungen, herauszufinden, dass Sie in Diensten dieser Dame stehen), ich muss wissen, wer sie ist. Ja, mehr noch, ich muss, hören Sie, ich muss sie treffen, sie nah von Angesicht sehen, mit ihr reden. Stellen Sie sich einen Verdurstenden in der Wüste, einen Verhungernden auf der Suche nach einem Stück Brot, einen in der Nacht verirrten Wanderer vor, dann sehen Sie mich vor sich.

Mein Leben liegt in Ihren Händen.

Ferdinand von Walter

Wurm an Präsident von Walter

den 29. Juni

Nachtrag

In Anbetracht der besonderen Pläne, die Eure Exzellenz im Hinblick auf die von Ihnen geplante Hochzeit Ihres Sohnes mit der Lady Milford haben, darf ich mir erlauben, Eure Exzellenz entschiedenes Eingreifen in Bezug auf den Verkehr Ihres Sohnes mit besagter Luise Millerin zu empfehlen. Jene ist doch ein ganz und gar entzückendes Geschöpf, wie ich selbst im Zuge einer von mir durchgeführten Observation habe feststellen müssen. Kaum 16 Jahre alt, von schlanker und doch wohlgeformter Gestalt, mit schimmerndem rotblonden Haar, das, wenn es gelöst ist, ihren Rücken entlang bis fast auf ihre schmale Taille fällt. Die Erscheinung und das Wesen dieses Mädchens ist ganz und gar himmlisch. Stellt man in Rechnung, dass Ihr Sohn, obgleich schon Major, selbst nicht älter als 18 ist, sollte ein Blick dieser Musikantentochter genügen, ihn sämtliche guten Vorsätze in Bezug auf was auch immer für ewig vergessen zu lassen.

Ich schlage vor, mich von meinen sonstigen dienstlichen Obliegenheiten zu entbinden, um den Verkehr Ihres Sohnes mit besagter Luise Miller direkt überwachen und, wenn notwendig, eingreifen zu können.

Wie immer ergebenst, Wurm

Präsident von Walter an Wurm

den 30. Juni

Kaum 16 Jahre alt also und von schlanker und doch wohlgeformter Gestalt, mit schimmerndem rotblonden Haar, welches auch noch auf die Taille fällt? Beachtlich. Dass Er da den Verkehr, der meinem Sohn in Bezug auf besagte Demoiselle vorschweben mag, überwachen will, glaube ich Ihm gern, nur muss Er nicht denken, dass ich Ihn hierfür auch noch bezahle.

Verkehrt mein Sohn, so soll er. Es ist die Pflicht eines jeden jungen und gesunden Offiziers, so viel wie möglich zu verkehren, schon um den Fortbestand unserer Armee willen.

Eine entsprechende Verlautbarung unseres Herzogs ist nur deshalb noch nicht ins Werk gesetzt worden, weil dies bisher nie nötig gewesen war.

Mache Er also in seiner Freizeit, was Er wolle, Wurm, ansonsten bestehen Seine dienstlichen Obliegenheiten ab sofort vor allem darin, meinen Sohn bei seinem Verkehr nicht zu stören. Allerdings: Alles, was nach Weitläufigerem aussieht, nach Romantik, Empfindung und so fort, ist umgehend zu melden.

P v. W

Sophie an Luise

den 30. Juni

Liebste Luise,

erinnerst Du Dich an unseren Marktbesuch am Sonnabend? Das Wetter war abscheulich, und wir waren gerade dabei, nach Hause zu gehen, als Du mich auf diesen Offizier aufmerksam machtest, der seit geraumer Zeit sehr auffällig hinter uns herlief, wie Du sagtest. Als ich am Obststand Gelegenheit fand, ihn mir näher anzusehen, fand ich ihn ebenso bemerkenswert wie Du, insbesondere im Hinblick auf die Uniform eines Majors, die er so überaus kleidsam zu tragen verstand (du weißt, dass ich mich im Militärwesen einigermaßen auskenne, da ein Onkel meiner Familie im Siebenjährigen Kriege erst in der Armee Sachsens und später in der Preußens kämpfte, wovon ich als Kind oft Geschichten gehörte habe). Der Rang eines Majors, Luise, und besonders in so jungen Jahren, lässt in jedem Fall auf das Vorhandensein männlicher Tugenden und Qualitäten oder wenigstens auf eine vornehme Herkunft schließen.

Und nun rate, von wem ich eben einen Brief bekommen habe? Ganz recht, von eben diesem Major! Er heißt Ferdinand von Walter. Und was schreibt er? Ich will es Dir verraten: von Wasser in der Wüste, Brot und Obdach für verirrte Wanderer.

Mit einem Wort: Er scheint Interesse zu haben, und ich brauche wohl nicht zu sagen, an wem. Oder doch? Du sahst jedenfalls wunderhübsch aus an diesem Tag, und hätte es in jenem Moment angefangen zu regnen, für den Major strahlte die Sonne, als wolle sie niemals mehr untergehen.

Was ist nun zu tun? Der Major fragt, wer Du bist. Nun,

Du kannst es Dir aussuchen, ob Du meine Freundin sein willst, die Du allerdings ja auch bist, meine Cousine oder eine neue Bedienstete der Lady Milford, wovon ich Dir abraten will.
Am besten ist es, glaube ich, bist Du die, die Du bist, Luise Millerin, und von dieser erwartet ihre allerbeste Freundin Sophie dringend Antwort.

Luise an Sophie

den 1. Juli

Meine allerliebste und allerbeste Sophie,
das mit der Wüste und dem Brot verstehe ich nicht recht, aber gleichviel.
Der Major hat Interesse, schreibst Du, und bist Dir sicher, dass er mich damit meint. Das ist nett von Dir, aber wie kannst Du es sein? Denn an eben jenem Obststand bediente uns doch, wenn Du Dich erinnerst, eine allerliebste Verkäuferin, nicht viel älter als ich. Oder sie bediente uns eigentlich gar nicht richtig, sondern sah die ganze Zeit an uns vorbei in die Richtung, in der ich, hätte ich mich umgedreht, den Major von Walter hätte erblicken müssen. Und nun frage ich Dich: Kann es nicht sein, dass der Major gar nicht mich meint, sondern eben diese Verkäuferin? Du wirst antworten, dass es das nicht sein kann, sonst hätte er nicht diesen Brief an Dich geschrieben (den ich Dich im Übrigen bitte Deiner nächsten Post beizulegen, denn die Schrift sagt doch mehr über einen Menschen aus, als man meinen könnte).
Denn wie hätte er davon ausgehen können, dass Du mit dieser Verkäuferin näher bekannt bist? Nun bist Du aller-

dings so liebenswürdig und heiter, dass Du mit jedermann bekannt sein könntest und es ja auch bist, warum dann nicht auch mit dieser Obstverkäuferin? Wiederum, wenn ich es noch einmal bedenke, so wirst Du wohl doch recht haben. Denn, wenn der Major in seinem Brief an Dich von der Verkäuferin spräche, wer wäre ich dann? In seinen Augen, meine ich. Denn übersehen hätte er mich wohl kaum können. Oder etwa doch?
Aber ich merke, dass ich verwirrt bin. Und das ist schlecht, da man gerade in diesen Fällen einen kühlen Kopf bewahren sollte. Denken wir uns also, dass er tatsächlich mich meint. Aber wie kann er das, da er mich ja gar nicht kennt? Ich weiß, die Männer, und besonders die Offiziere, sind oberflächlich und meinen immer, von der Gestalt eines Menschen auf dessen Wesen schließen zu können. Aber wie, wenn er sich irrt? Ich will sagen, wie, wenn der Major mich getroffen hat und mein Wesen mit meiner Gestalt nicht in Einklang zu bringen vermag? Wenn er mich langweilig, albern und dumm findet? Wäre das nicht sehr peinlich? Für ihn wie für mich, aber mehr noch für ihn, da er sich ja im Irrtum ob meiner Person befinden würde. Das wäre sehr arg, meinst Du nicht? Sollte ich da nicht lieber, in Rücksicht auf die Gefühle des Majors, vorsichtig sein, was einen näheren Umgang mit ihm betrifft? Das Ganze ist recht schwierig, und ich weiß nicht, was tun. Was würdest Du tun?

Sophie an Luise

den 2. Juli

Du fragst, was ich tun würde?
Meinst Du an meiner oder an Deiner Stelle? Ich, an meiner Stelle, würde in jedem Fall auf die Gefühle eines Menschen Rücksicht nehmen, der angibt, ohne mich zu verhungern und zu verdursten.
Und an Deiner Stelle, dass ich es nur offen sage, würde ich ganz das Gleiche tun. Es sei denn, dieser bewusste Mensch, oder besser Mann, kommt für Dich aus grundsätzlichen Argumenten für eine nähere Bekanntschaft nicht in Betracht.
Kurz und gut, denk an Deine eigenen Gefühle, anstatt an die fremder Leute, und beantworte Dir nur eine einzige Frage: Kommt der Major aus grundsätzlichen Argumenten nicht in Betracht?

Luise an Sophie

den 3. Juli

Aus grundsätzlichen Argumenten? Nein, wieso? Und überhaupt, was wären denn grundsätzliche Argumente?

Sophie an Luise

den 4. Juli

In Bezug auf einen Mann gibt es außerordentlich grundsätzliche Argumente. Und vor allem sehr viele. Wobei allerdings bei näherem Hinsehen nur eines übrigbleibt: Gefällt er mir? Gefällt er Dir? Und wenn ja, wie sehr?

Luise an Sophie

den 5. Juli

Ja und sehr.

Sophie an Luise

den 6. Juli

Gut und schön. Dann bliebe nur noch die Frage zu überlegen, wie Du und, vor allem, wo Du ihn treffen kannst. Wieder auf dem Marktplatz, der mir zuerst einfällt? Das wäre zwar an einem unverdächtigen Ort, aber auch vor aller Augen (auch denen der Obstverkäuferin, die ich im Übrigen allerliebst zu finden nicht recht in der Lage bin). Nein, das ginge nicht. Aber wo sonst? Da fällt mir ein: Bist Du nicht die Tochter des in der Stadt allenthalben so geachteten Musiklehrers Miller? Und was wäre naheliegender, als dass der Major beschlösse, sich ein wenig im Umgang mit, sagen wir, der Flöte zu üben? Hört man doch, dass sich inzwischen auch Könige und Feldherren dieser Kunst befleißigen.

Wenn er nun also jeden Tag, oder wenigstens jeden zweiten, bei Euch im Hause zum Unterricht erschiene, hättest Du da nicht Gelegenheit, ihm ausgiebig zu begegnen? Und zwar auf die natürlichste Art und Weise? Und noch besser, Du könntest ihn bei dieser Gelegenheit einer

gründlichen Prüfung ob folgender Argumente unterziehen: Ist er klug, höflich, witzig, mutig, geduldig, zartfühlend, energisch und so fort? Schaden kann es immerhin nicht.
Deine Zustimmung voraussetzend, schließe ich diesen Brief, um gleich einen an den Major zu schreiben.
Deine Sophie

Sophie an Ferdinand von Walter

den 6. Juli

Verehrter Herr Major,
die Person, von der Sie sprechen, ist tatsächlich meine Freundin, und als solche bin ich in ihrem Namen befugt, Sie darüber zu unterrichten, dass man sich allerdings daran erinnert, einen der letzten Sonnabende auf dem hiesigen Marktplatz zugebracht zu haben. Doch bedauerlicherweise können weder meine Freundin noch ich uns beim besten Willen daran erinnern, Ihnen, verehrter Herr Major, dort begegnet zu sein. Sind Sie sicher, dass es ein Sonnabend war? Oder verwechseln Sie vielleicht den Marktplatz?

Sie werden mir beistimmen, dass eine Klärung dieser Fragen unbedingt notwendig ist, um peinlichen Missverständnissen vorzubeugen. Wären Sie also so freundlich, die näheren Umstände Ihres Besuches, auf welchem Marktplatz auch immer, zu schildern?
Im Übrigen, selbst wenn sich herausstellen sollte, dass Sie und meine Freundin sich zur selben Zeit auf demselben Marktplatz befunden haben, handelt es sich dabei um ei-

nen so außerordentlichen Zufall, dass er sich kaum jemals wiederholen dürfte. Meine Freundin ist nämlich die Tochter des im ganzen Herzogtum höchst angesehenen Tonschöpfers und Musikprofessors Miller und als solche, da ihr Vater immer mehr und inzwischen fast ausschließlich mit seinen Kompositionen beschäftigt ist, derart mit dessen täglichen Geschäften betraut, dass sie nunmehr den Unterricht seiner Schüler fast zur Gänze allein übernommen hat. Kaum, dass sie noch das Haus verlassen kann. Sie sehen also, dass einem näheren Umgang, sollten Sie einen solchen tatsächlich gewünscht haben, fast unüberwindliche Grenzen gesetzt sind.
Mit aufrichtigem Bedauern, Ihrem Ansinnen nicht hilfreicher begegnen zu können, verbleibe ich mit den besten Grüßen.
Sophie, Kammerzofe

Ferdinand von Walter an Sophie

den 8. Juli

Wie ich Ihnen schon mitteilte, es war scheußliches Wetter, Sie trugen eine Riegelhaube, und des Weiteren gibt es nur einen Markt in den Grenzen des Herzogtums, da es nur eine Stadt, auf der sich ein Marktplatz befinden könnte, in eben diesen Grenzen gibt, und diese Stadt ist die unsrige. Im Übrigen darf ich Ihnen mitteilen, dass ich nicht der Mann bin, der sich, kaum dass Widrigkeiten auftauchen, von seinen Vorhaben abbringen lässt, und dies auch nicht von Ihnen.
Empfehle mich!
Major Ferdinand von Walter

Sophie an Luise

den 9. Juli

Meine arme Luise,
Du musst Dich auf eine Enttäuschung gefasst machen. Eben habe ich einen Brief des bewussten Majors erhalten, in dem er sich zu empfehlen vorgibt und außerdem anzeigt, nicht der Mann zu sein, sich von seinen Vorhaben abbringen zu lassen. Nun, obgleich nur Frauenzimmer, lassen wir uns durchaus von Vorhaben abbringen, so wir erkannt haben, dass sie keinen Anlass zur Freude bieten werden. Hatten wir also eben noch in Erwägung gezogen, den Herrn Major näher in Augenschein zu nehmen, werden wir nun, so denke ich, wohl doch davon Abstand nehmen müssen.

Luise an Sophie

den 10. Juli

Abstand nehmen müssen? Und warum noch gleich?

Sophie an Luise

den 11. Juli

Weil die Antwort des Majors auf meinen unbedingt wohlwollenden Brief, den ich Dir nur aus Rücksicht auf Deine Gefühle (deren Vorhandensein ich durchaus bemerke) nicht zur Kenntnis gebracht habe, nicht in dem Ton verfasst war, den man von einem Kavalier und Offizier erwarten darf, ja, muss, der sich um die Bekanntschaft einer jungen Dame bemüht.

Luise an Sophie

den 12. Juli

Ach so!

Sophie an Luise

den 13. Juli

Luise!
Du wirst wohl zugeben, dass dieser Brief, den ich mich nun doch gezwungen sehe dem meinen beizulegen, alles andere als höflich, geschweige denn zartfühlend, ja, noch nicht einmal witzig ist.

Luise an Sophie

den 14. Juli

Du hast vermutlich wie immer recht, wobei ich seinen Brief so schlimm nun doch nicht finden kann. Sicher wäre es das Beste, dem Major kühl zu begegnen, vorerst jedenfalls. Nur fürchte ich, da ich gestern zufällig – nein, ich will's gestehen, es war gar nicht zufällig, es war sogar ein Umweg, den ich zum Markt machte. Also streichen wir geschwind zufällig, denn was gibt es Dümmeres, als seine beste Freundin zu belügen? Also, als ich zur Kaserne lief, um den Major, ich gebe es zu, vielleicht zu sehen, da exerzierte er gerade hoch zu Pferde, mit seinen ebenfalls auf Pferden sitzenden Soldaten.

Dann, als er mich bemerkte, befahl er ihnen im schneidigsten Ton einen Galopp, sodass seine Schwadron sich eiligst entfernte (eine Schwadron ist die kleinste Einheit der Kavallerie, wie ich von ihm erfahren habe). Freilich entfernte sie sich ohne den Major selbst, der ohne viele Umstände mit seinem schönen Schimmel durch das Tor direkt zu mir geritten kam, absprang und meinte, er freue sich außerordentlich, dass ich ihn besuchte.

Das war nun freilich etwas stark, denn immerhin gab ihm nichts Anlass zu glauben, ich wäre nicht zufällig an der Kaserne vorbeigekommen. So erklärte ich ihm, dass ich auf dem Weg zum Markt sei. Da fragte er wahrhaftig, ob er mich begleiten dürfe. Das dürfe er leider nicht, antwortete ich da und meinte es auch so. Außerdem dächte ich doch, er hätte Dienst. Das stimme, antworte er da ganz zerknirscht, um gleich darauf zu fragen, wo er mich denn einmal allein treffen könne.

Wo immer er wolle, hätte ich beinahe gesagt, aber dann fiel mir ein französischer Roman ein, welchen ich mir von Henrietten kürzlich geliehen. In dem war zu lesen, dass die Männer es gut vertragen können, wenn man ihnen es nicht gar zu bequem mache. So antwortete ich, in der Kirche, die ich oft, und nicht nur des Sonntags, besuche. Dort könne er mich zwar nicht allein, aber doch so gut wie allein, nur im Angesicht Gottes antreffen.

Da sah er mich nun an, als wüsste er nicht, was eine Kirche ist, war aber dennoch bereit, mich überall zu treffen, und sei es in der Hölle. In der Hölle, Sophie!

Ist das alles nicht wunderbar, fast wie im Märchen?

Postskriptum
Als ich ihm erklärte, wer Du bist, nämlich meine allerbeste Freundin, wurde er ganz bleich und wollte sogleich noch einen Brief schreiben, in dem er sich für seinen ersten Brief an Dich entschuldigt. Ist er schon eingetroffen?

Ferdinand von Walter an Sophie

den 14. Juli

Liebe verehrte Mamsell,
ich bitte um Verzeihung, wenn ich in meinem letzten Brief an Sie etwas kurz gewesen sein sollte. Ich war aus dienstlichen Gründen sehr in Eile und bin tatsächlich erst jetzt dazu gekommen, diesen Ihren Brief, obgleich ich ihn so sehnsüchtig erwartet hatte wie noch keinen anderen zuvor, vollständig zu lesen.
Es gibt also in unserer schönen Stadt tatsächlich einen Musiklehrer? Ich muss gestehen, dass ich dieses zum ersten Mal höre. Aber welch glücklicher Zufall! Gerade vor ein paar Wochen ging die Order an die Offiziere einiger ausgewählter Regimenter, sich im Hinblick auf die Aneignung einer umfassenden Bildung ein wenig mehr mit den schönen Künsten zu beschäftigen. Diese Anregung nahm ich umso dankbarer auf, als dass ich schon immer lebhaft bedauert habe, nie ein Instrument erlernt zu haben. Und nun also ein Musiklehrer in der Stadt! Der noch dazu der Vater derjenigen ist, deren Bekanntschaft zu machen mir alles bedeutet. Müssen Sie da nicht selbst zugeben, gesetzt den Fall, Sie hätten dies überhaupt abstreiten wollen, dass

dieses Zusammentreffen unwahrscheinlichster Zufälle nichts weniger als das Schicksal selbst ist?
Ferdinand von Walter

Sophie an Ferdinand von Walter

den 16. Juli

Es sieht ganz so aus, Herr Major.

Ferdinand von Walter an Miller

den 20. Juli

Hochverehrter Herr Kapellmeister,
schon seit einiger Zeit verfolge ich Ihren Aufstieg in die Höhen des deutschen Musikwesens mit großer persönlicher Anteilnahme, ist mir doch die Musik seit langem, ja, man kann sagen, seit immer, Herzensangelegenheit. Es gab sogar eine Zeit, ich gestehe es, da erträumte ich mir eine glänzende Karriere als Virtuose. Doch wie jeder männliche Nachkomme meiner Familie dazu bestimmt, unserem Vaterland als Offizier zu dienen, musste ich Verzicht leisten.
Und nun, plötzlich, aus heiterem Himmel, frage ich mich jeden Tag, und jeden Tag drängender, ob meine innigsten Wünsche von einst wirklich so jeder Grundlage entbehrten (wie mir seinerzeit alle Welt einzureden versuchte).
Verehrter Herr Professor! Ich bitte Sie inständig, mir diese Frage zu beantworten. Und zwar, indem sie eine kurze Prü-

fung meines Talentes im Hinblick auf die Beherrschung der Flöte (oder auch der Geige) vornehmen. Und, sollte diese für mich günstig ausfallen, in Erwägung ziehen, mich als Schüler in Ihrem Institut aufzunehmen.
Wie Sie sich sicher denken können, bin ich durch meine strenge militärische Erziehung mit den für das Erlernen eines Instrumentes so unerlässlichen Tugenden wie Fleiß und Pünktlichkeit überreich ausgestattet. Daher darf ich Ihnen versprechen, es weder am sorgsamen Umgang mit dem Instrument, den Noten und dergleichen noch am ausdauernden Üben fehlen zu lassen.
In hoffnungsvoller Erwartung Ihrer Antwort verbleibe ich
hochachtungsvoll
Major Ferdinand von Walter

Miller an Ferdinand von Walter

den 21. Juli

Verehrter Herr Major,
wie sehr habe ich mich über Ihr Schreiben gefreut, hat es mir doch außerordentlich wohlgetan, mit einem Menschen in Kontakt zu treten, dessen Geisteshaltung eben jene ist, die ich in unserer oberflächlichen Zeit so schmerzhaft vermissen muss: Fleiß, Pünktlichkeit und, ich darf hinzusetzen, Sauberkeit, kurz – Ordnung. Sind es nicht gerade diese Tugenden, die uns aus jeder Note der alten Meister ansprechen und sie uns so teuer machen? Was wäre eine Fuge, frage ich, denn anderes als Ordnung? Und ebenso wie die Fuge aus der Mode gekommen ist, scheint es der Ordnung im Ganzen zu ergehen. Was glauben Sie, hochgeschätzter Herr Major, wie oft ich meine

männlichen Schüler, die sich auf ihre ungepflegte Erscheinung auch noch etwas einzubilden scheinen, in Bezug auf geschnittene Fingernägel und gewaschene Perücken zu mehr Sorgfalt ermahnen muss? Sie würden es nicht glauben. Aber lassen wir dieses traurige Kapitel beiseite.

Sie, lieber Herr Major, wollen also bei mir die Flöte erlernen? Was die Flöte betrifft, so muss ich Ihnen sagen, dass ich dieses Instrument zwar über alles liebe, es aber leider nur so obenhin beherrsche. Und eben diese Tatsache ist es, teurer Major, die mich dazu zwingt, einen Umstand offen anzusprechen, deren peinlicher Charakter mir nur zu bewusst ist.

Ist es doch so, dass meine Tochter Luise, außerordentlich begabt, ja eine Meisterin in der Beherrschung jenes Instrumentes, seit einiger Zeit den Flötenunterricht vorzunehmen von mir betraut worden ist. Dieser Umstand führte nun dazu, dass sich eine ganze Reihe oben beschriebener Herren als Schüler vorstellten, deren wahre Motive nur zu offensichtlich waren. Auf gut Deutsch, allerverehrtester Herr Major, unter dem Vorwand, Flöte lernen zu wollen, schlichen sich diese verkommenen Subjekte in mein ehrbares Haus, mit nur der einen Absicht, deren nähere Beschreibung sich von selbst verbietet. Erst gestern wieder behauptete ein Herr in durchaus schon vorgerücktem Alter mit größtem Nachdruck, sein Leben fortan dem Flötenspiel widmen zu wollen. Ganz und gar widmen zu wollen, wie er mir mindestens zweimal in geradezu flehendem Ton versicherte, sodass ich mich schließlich, wider besseres Wissen, zu drei Probestunden überreden ließ. Als dieser arme Mensch bemerkte, dass sie von mir statt meiner Tochter abgehalten wurden, nahm er natürlich nur eine davon in Anspruch.

Ja, bester Major, so stehen die Dinge. Wie der Volksmund

es sagt: Wem der Teufel ein Ei in die Wirtschaft gelegt hat, dem wird eine Tochter geboren.
Sie werden also verstehen, vorzüglichster Herr Major, dass ich gezwungen war, diesem Treiben auf das Entschiedenste entgegenzutreten, indem ich den Unterricht meiner Tochter nur noch im Beisein meiner lieben Frau stattfinden lasse (Gleiches gilt selbstredend nicht für die von mir persönlich erteilte Unterweisung in der Geige).
Ich erwähne dies alles im Übrigen nur, um die beiliegende Übersicht der anfallenden Kosten pro Unterrichtsstunde Ihnen, vortrefflichster Herr Major, näher verständlich zu machen.
So sehe ich denn Ihrer ersten Stunde in meinem Hause in froher Erwartung entgegen.
Empfehle mich hochachtungsvoll
Miller, Musikmeister

Ferdinand von Walter an Miller

den 22. Juli

Die erste Stunde – wie sehr ich sie herbeisehne, verehrter Herr Professor, mag Ihnen deutlich werden, wenn ich Ihnen sage, dass, wenn es nicht tiefste Nacht wäre, ich schon vor Ihrer Türe stände.

Luise an Sophie

den 24. Juli

Liebste Sophie,
es ist etwas Wichtiges geschehen.
Ich habe entdeckt, dass ich hellsehend bin. Du lachst bestimmt, aber so ist es – ich bin hellsehend. Zum Beweis: Als ich gestern aufwachte, war mir gleich, als hätte ich Geburtstag, oder es wäre Weihnachten oder beides. Dabei regnete es, wie alle Tage schon, seit ich ihn das erste Mal gesehen habe. Am Abend sagte es dann endlich der Vater nach Tisch: Ein neuer Schüler kommt. Da war es ganz still in mir, denn ich wusste ja, wer kommt, und dass er für mich kommt, nur für mich. Und dass er nun gar Musikschüler wird, obwohl er mir doch selbst gesagt hat, wie wenig er Musik leiden mag, gleich, welcher Art. Ist das nicht das Schönste, was es geben kann?
Und jetzt überlege ich albernes Ding den ganzen Morgen, wie ich mich kleiden, mich frisieren soll, sodass die Mutter schon böse wird, aber nicht zu sehr. Sie hilft mir sogar, die Gute. Jetzt habe ich endlich auch mein Kleid an, das weiße, und frisiere mich nur so oben hin, denn die Mutter meint, dass mir das Natürliche am besten steht, und ich glaube, sie hat recht, denn das Natürliche ist ja doch das Schöne. Überhaupt, die Mutter. Seit sie weiß, dass der Major in unser Haus kommt, ist sie noch aufgeregter als ich.
Jetzt höre ich unten die Türe! Das ist er!
Ich muss enden, verspreche Dir aber, gleich nachher noch einen zweiten Brief zu schreiben und Dir zu berichten.
Luise

Luise an Sophie

den 24. Juli am Abend

Nun ist es Abend, und ich sitze schon eine halbe Stunde an meinem Brief an Dich und will Dir alles erzählen und kann es nicht. Ist doch bei Licht betrachtet gar nichts geschehen und dann doch wieder so viel, dass ich die ganze Nacht schreiben könnte und wäre kaum beim ersten Satz angelangt.

Als ich heute Morgen die Stube betrat und vor Ferdinand stand, musste ich plötzlich lachen und wollte ihn schon fragen, ob es wohl keine Kriege mehr gäbe, dass die Offiziere allesamt Musiker werden wollen. Als er mich dann ganz verwirrt ansah und so gar nicht wusste, was er erwidern sollte und mir der Vater einen bösen Blick zuwarf und die Mutter Grimassen schnitt, musste ich nur noch mehr lachen, worauf der Major nicht anders konnte, als einzustimmen. Da standen wir beiden nun und lachten, als täten wir jeden Tag nichts anderes. Und dann, mit einem Male, hörte er mit dem Lachen auf und sah mich ruhig an. Da wusste ich, dass ich wirklich recht gehabt hatte mit meiner Hellseherei. Der Vater sagte ›Auf Morgen denn‹, aber Ferdinand schien nicht zu hören und sah mich immer noch an. ›Herr Major! Auf Morgen denn!‹, wiederholte Vater recht laut. Nun erst murmelte Ferdinand zerstreut ›Ganz recht‹ und ›Auf Morgen‹, und dann, als bemerke er erst jetzt, was dies bedeute, drückte er meinem Vater die Hand, wiederholte ›Auf Morgen!‹, verneigte sich gar vor der Mutter, die nicht wusste, wie ihr geschah, warf mir noch einen Blick zu und stürzte aus der Tür. Und jetzt sitze ich hier am Fenster, sehe auf den Mond, der so groß und hell vor meinem Fenster steht, und weiß nicht aus noch ein.

Du musst mir helfen, Sophie, und mir sagen, ob alles gut

wird. Oder wird es schlimm enden? Weiß ich doch, wer der Major ist und wer ich bin. Ich jedenfalls fast noch ein Kind, und das ist jetzt ganz müde von alldem und weiß auch nicht, was tun vor lauter Glück und Sorge. Am besten ist es, es geht zu Bett. Vielleicht, dass es bei Tage findet, dass alles nur geträumt war.
Ob das besser wäre?

Sophie an Luise

den 25. Juli

Ich weiß es nicht, Luise. Ich weiß nur, dass es ist, wie es nun einmal ist. Wiewohl ich mir fast wünschte, dass es nicht ausgerechnet der Major wäre, denn, ich will es Dir nicht verschweigen ... Oder doch, ich will es Dir verschweigen.
Du wirst es, fürchte ich, bald selbst erfahren, wenn Du es nicht schon, da Du ja Hellseherin bist, ebenso weißt wie ich.
Sophie

Luise an Sophie

den 26. Juli

Für den Moment habe ich beschlossen, die Augen zu schließen, so fest ich nur irgend kann.
Wenn Du also etwas weißt, was ich nicht wissen will, dann sag es mir, denn wer Unglück vermeiden kann und doch keine Vorkehrungen dagegen trifft, muss für wenig

klug erachtet werden. Dies hörte ich den Pfarrer am letzten Sonntag in seiner sehr schönen Predigt sagen.

Sophie an Luise

den 27. Juli

Also gut. Vorgestern speiste der Präsident von Walter bei uns zu Mittag. Die Lady redete dabei in so bewegten und auch recht lauten Worten, dass ich, obschon weit entfernt von der Türe, nicht anders konnte, als jedes Wort zu verstehen. Es ging um nichts anderes als um eben den Major, in den die Lady anscheinend … Du kannst dir denken, was. Nun wäre das allein nicht weiter schlimm, denn die Lady, so schön sie auch noch ist, geht doch schon auf die 30 zu, ist vielleicht sogar darüber hinaus, wer weiß es. Jedenfalls, wäre ich der Major … Aber ich bin es nicht, und der Major ist es auch nicht nur, sondern auch seines Vaters Sohn, wie Du eben Deines Vaters Tochter. Und als der Präsident mich beim Hinausgehen so hart ansah, da wurde mir ganz merkwürdig, so, als müsste ich alles sofort gestehen, dabei habe ich gar nichts zu gestehen.

Aber ich will dir nicht Angst machen, Du wirst schon das Richtige tun.

Außerdem, vor unserem Herzen gibt es gar nichts Richtiges oder Falsches, oder Besseres und Schlechteres, sondern nur das, was es uns befiehlt zu tun. So heißt es in »der zärtlichen Mutter«, dem neuen Stück von Madame Friederike Hensel, welches ich der Lady gerade mit verteilten Rollen vordeklamieren muss und was auch zu lesen ich dir warm ans Herz lege.

Sophie

Luise an Sophie

den 28. Juli

Es ist so, wie es nun einmal ist. Da hast Du wohl recht.
Das Unglück, welches der Herr Pfarrer meinte, kann ich wohl, so es denn unbedingt kommen muss, genauso wenig vermeiden, wie ich das Glück vermeiden konnte. Oder doch? Hätte ich es vermeiden können, das Glück? Und hätte ich damit das Unglück auch ganz bestimmt vermieden? Kann man sich dessen sicher sein? Oder wäre ich nicht vielmehr unglücklich geworden, ohne zuvor glücklich gewesen zu sein? Und wäre das nicht also sehr unklug von mir gewesen? Gesetzt den Fall, man kann überhaupt etwas vermeiden. Aber etwas nicht vermeiden können und etwas mutwillig herbeiführen, das ist zweierlei. Da ich das eine nicht lassen kann und das andere nicht tun will, habe ich beschlossen, mit Ferdinand nach seinem Unterricht Spaziergänge zu unternehmen.
Daran kann ja wohl nichts Schlimmes sein, umso weniger, als dass gerade so schönes Wetter ist, dass ein jeder die Pflicht hat, spazieren zu gehen.

Sophie an Luise

den 29. Juli

Sozusagen und einstweilen und da es ja geradezu Deine Pflicht ist, mag es angehen, spazieren zu gehen. Was aber, wenn das Wetter sich verschlechtert? Was, wenn es Herbst und schließlich Winter wird?

Luise an Sophie

den 30. Juli

Das wird es in jedem Fall. Ich weiß schon, was Du sagen willst, so dumm ist Deine Freundin auch wieder nicht. Und da es nun einmal so ist und es auch immerfort so sein und bleiben wird, lohnt es da, sich den Kopf zu zerbrechen, was man tun und lassen wird, wenn es so weit ist? Und überhaupt, wozu kann man sich warm anziehen?

Wurm an Präsident von Walter

den 30. Juli

Eure Exzellenz, Herr Präsident,
nachdem ich Gelegenheit genommen hatte, dem sogenannten Musikunterricht des Herrn Miller eine Stunde lang beizuwohnen, halte ich es als Ihr Untergebener, aber auch als moralisch empfindender Bürger unseres stolzen Landes, für meine Pflicht, Sie davon in Kenntnis zu setzen, dass es sich bei der als Konservatorium bezeichneten Einrichtung des Herrn Miller um nichts anderes als ein Bordell handelt! Schüler sind ausschließlich Herrn, und zwar bis hinauf ins höchste Alter, die vorgeben, bei der Tochter des Hauses, besagter Demoiselle Miller, Flöte zu lernen. Was hinter der allzeit verschlossenen Tür des angeblichen Flötenzimmers wirklich passiert, ist leicht zu entdecken, wenn man weiß, dass der Flötenunterricht dreimal so teuer ist als der gleichfalls stattfindende, aber so gut wie gar nicht frequentierte Geigenunterricht bei Miller selbst. Angeblich kommt der höhere Preis durch

die dringend erforderliche Anwesenheit von Frau Miller bei dem Unterricht ihrer Tochter zustande – nur ist sie gegen ein direkt an sie gezahltes Entgelt gar nicht anwesend! Dieses habe ich selbst beobachtet.
Ich schlage sofortige Schließung und schärfste Repression vor! Wie immer ergebenst, Wurm

Präsident von Walter an Wurm

den 1. August

Bordell, sagt Er? Ausgezeichnet! Sammle er also Rechnungen, Belege und dergleichen, überhaupt alles, was sich diesbezüglich finden lässt (und so er keine findet, muss Er denn wohl selbst noch einmal Kunde werden, um an solche zu kommen), und präsentiere Er diese bei passender Gelegenheit, dass heißt, wenn ich es Ihm sage.
Also ans Werk, der Dank des Vaterlandes wird Ihm gewiss sein.
Wobei ich Ihm nicht verhehlen will, dass ich langsam den Verdacht hege, dass Ihn andere Motive als sein moralisches Empfinden als Bürger unseres stolzen Landes so eifrig tätig sein lassen. Ich meine mich an rotblondes Haar, das auf eine schmale Taille fällt, zu erinnern. Und jetzt Schließung und schärfste Repression? Kann es sein, dass Er entbrannt ist? In Liebe? Zu Demoiselle Miller?
Doch wie auch immer, ob Bordell oder Kirche – und glaube Er mir, Wurm, das eine ist so nötig wie das andere, ja ohne das eine bräuchten wir womöglich das andere nicht. Ob Bordell oder Kirche also, ist ganz gleich, nur entscheiden muss Er sich. Denn, merk Er sich das, alles Un-

glück kommt nur daher, dass der Mensch sich nicht entscheiden will.
P v. W

FERDINAND VON WALTER an LUISE

den 1. August

Mein Fräulein,
Ihrem mir nach der letzten Musikstunde unterbreiteten Vorschlag, uns Billette zu schreiben, da es seit einigen Tagen unaufhörlich regnet und wir deshalb keine weiteren Spaziergänge unternehmen können, stimme ich unbedingt zu. Schon deshalb, weil es Ihr Einfall ist. Allerdings weiß ich beim besten Willen nicht, welchen Baum Sie meinen, unter welchen wir die Billette legen sollen. Da ich weit und breit keine große Rotbuche finde, lege ich dieses Billett hier unter einen großen Stein, den man unmöglich übersehen kann, liegt er doch genau neben jener Bank, auf der ich vor ein paar Tagen noch das Vergnügen hatte, neben Ihnen sitzen zu dürfen.

Postskriptum
Damit Sie den bewussten Stein auch sicher finden, habe ich, wie Sie bemerkt haben, einen meiner Handschuhe direkt vor ihm abgelegt und somit in seine Richtung weisen lassen.

Luise an Ferdinand von Walter

den 2. August

Sollte es sein, mein Herr, dass Sie eine Eiche nicht von einer Rotbuche unterscheiden können? Ich bin geneigt, dies anzunehmen, steht doch eine Rotbuche direkt neben der Bank, die Sie erwähnen, und damit auch direkt neben Ihrem Stein.

Dieses Billett hier lege ich, zusammen mit Ihrem Handschuh, nun ganz gewiss unter meine Rotbuche, und wenn Sie es dort nicht finden, sind Sie selbst schuld.

Ferdinand von Walter an Luise

den 3. August

Wie Sie sehen, habe ich Ihr Billett und meinen Handschuh gefunden.

Und? Haben Sie es bemerkt? Es hat aufgehört zu regnen! Darf ich Sie also am Freitag wieder auf unserer Bank erwarten?

Luise an Ferdinand von Walter

den 4. August

Am Freitag geht es nicht. Nur am Sonntag, und auch da nur in der Kirche.

Und »unsere Bank« scheint mir doch etwas zu viel gesagt. Eine Bank, noch dazu an so schöner Stelle, gehört jedem, der sich darauf zu setzen wünscht.

Ferdinand von Walter an Luise

den 5. August

Sie haben recht, mein Fräulein, wobei ich finde, dass es vielleicht doch nur den Glücklichen gestattet sein sollte, auf dieser Bank zu sitzen. Vielleicht sogar nur den Verliebten, finden Sie nicht?

Im Übrigen freue ich mich auf Sonntag, und, wenn es denn unbedingt sein muss, auch auf die Kirche.

Wobei mir lieber wäre, wir träfen uns nicht in, sondern vor der Kirche, bin ich doch nach dem Besuch derselben immer recht gedankenschwer.

Luise an Ferdinand von Walter

den 6. August

Im Gegensatz zu Ihnen bin ich gedankenschwer von Natur aus, auch wenn man mir dieses vielleicht nicht sogleich ansieht. Zum Beweis dessen sage ich Ihnen, dass mich seit Erhalt Ihres letzten Billettes die Furcht umtreibt, einer von uns beiden müsste stehenbleiben, während der andere auf jener Bank Platz nimmt.

Ferdinand von Walter an Luise

den 7. August

Ohne Frage würde man Ihnen ansehen, dass Sie die gedankenschwerste Person der Welt sind, wenn Sie beschlossen hätten, diese sein zu wollen. Nur haben Sie anscheinend gerade jetzt beschlossen, einmal ganz besonders töricht zu sein. Einer von uns sollte stehenbleiben, während der andere Platz nimmt? Und dies auf einer Bank, welche doch für nichts anderes geschaffen wurde, als zu zweit auf ihr zu sitzen?

Luise an Ferdinand von Walter

den 8. August

Die Allertörichste, Sie haben recht, und ansonsten vielen Dank, mein Herr! Ich bin nun furchtlos wie noch nie und entschlossen, auf jeder Bank, die sich da finden lässt, Platz zu nehmen und auch sitzen zu bleiben, und sei es bis an mein Lebensende, und das ganz und gar aus freien Stücken.

Und bis dahin leben Sie wohl, denn vor lauter Schreiben und zum Baum laufen komme ich zu gar nichts mehr. Sie aber auch nicht, und das ist schlecht, da Sie doch hoffentlich noch wissen, dass Sie meinem Vater versprochen haben, Flöte zu üben. Und was man verspricht, muss man halten.

Versprechen Sie mir, dass Sie dies nie vergessen!

Luise

Wurm an Präsident von Walter

den 9. August

Eure Exzellenz, Herr Präsident,
ich meine mich einer Anweisung von Ihnen zu entsinnen, jedes romantische Element im Verkehr Ihres Sohns mit Demoiselle Miller, so es vorhanden, umgehend zu melden. Dies geschieht hiermit. Meine anfängliche Gewissheit, Ihres Sohnes Werben um Demoiselle diene einzig dazu, den Fortbestand unserer Armee zu sichern, ist inzwischen vollständig ins Wanken geraten. Lange Spaziergänge Ihres Sohnes mit Demoiselle, das Vorhandensein eines Kranzes aus frisch gepflückten Blumen auf dem Haupte derselben und, kaum hatte es angefangen zu regnen, der Beginn einer regen Korrespondenz mittels Billetten unter Bäumen und Steinen lassen mich zu der Ansicht gelangen, dass Ihr Sohn sich, man muss es in aller Deutlichkeit sagen, verliebt hat. Bitte um Anweisungen.
Wie immer ergebenst, Wurm

Präsident von Walter an Wurm

den 9. August

Mein Sohn hat sich des Öfteren schon verliebt – warum auch nicht? Die Frage ist, wie sich die Musikertochter dazu stellt. Versteht Er, was ich damit meine, Wurm? Er hat von einem Bordell berichtet. Will das Mädchen Geld haben? Ist es an dem? Weiß sie, wer sie ist?
P v. W

Wurm an Präsident von Walter

den 10. August

Sie weiß nicht, wer sie ist. Und nun, da sich Ihr Herr Sohn um sie bemüht, schon gar nicht. Wie sollte sie auch? Ist sie doch so unschuldig und rein, dass sie in einem Spiegel doch nur Luise Miller sehen würde, gerade 16 Jahre alt. Eines Musikers Tochter und nicht das schönste Mädchen der Welt, die, legte sie es darauf an, jeden Sohn eines jeden Vaters zu allem bringen könnte.
Wie immer ergebenst, Wurm

Präsident von Walter an Wurm

den 10. August

Seine Frechheiten nehme ich Ihm vorderhand nicht weiter übel, scheint er doch wahrhaftig eifersüchtig auf meinen Sohn zu sein. Eine groteske Vorstellung zwar, ich gebe es zu, aber, mein bester Wurm, wenn man so alt ist wie ich und so viel gesehen hat, dann weiß man, dass es nichts auf dieser Welt gibt, was es nicht gibt. Warum dann also nicht auch einen eifersüchtigen Wurm?
Ansonsten fasele Er nicht, sondern fange Er einstweilen mit 10 Gulden an.
Danach wird man sehen.
P v. W

Lady Milford an Präsident von Walter

den 12. August

Verehrter Herr Präsident, eben verließ mich Ihr Sohn, der Major.

Er war sehr eilig, fast hätte man meinen können, er fliehe. Aber das kann es schlecht sein, ist er doch ganz Krieger, Ihr Herr Sohn. In voller Uniform, den Säbel an der Seite, die Faust am Knauf und, wie er meinte mehrmals betonen zu müssen, ganz und gar im Dienst, rannte er bei seiner Visite unaufhörlich hin und her. Dabei hielt er mir eine Ansprache, der ich, wäre ich zu Wort gekommen, im Grunde nur hätte beipflichten können. Um die Mode ging es und um die Menschheit, wobei mein Gefühl immer stärker wurde, dass er mich mit dem Ersteren, der Mode nämlich, gleichsetzen könnte.

Als er dann stehenblieb, mich starr ansah und düster murmelte ›Wir wollen sehen, ob die Mode oder die Menschheit auf dem Platze bleiben wird‹, war es mir denn endgültig Gewissheit: Ihr Sohn ist voller Vorurteil gegen mich. Und Vorurteile, Sie wissen es, lieber Präsident, sind schwer aus der Welt zu schaffen. Am allerwenigsten von demjenigen, über den sie gefällt werden.

Und so bleibt mir nur, Sie zu bitten, das so ganz und gar unzutreffende Bild, welches Ihr Sohn von mir gewonnen hat, zu korrigieren. Wozu nur Sie allein im Stande sind. Wissen Sie doch allein, welchen Prüfungen meine Empfindung, mein Herz, meine Ehre ausgesetzt waren und wie sie bestanden wurden.

Es war, ich darf es sagen, und Sie wissen es, nie leicht, und nicht jede Schlacht war siegreich. Aber zählen unsere Niederlagen, so wir aus ihnen gelernt haben, nicht fast mehr als unsere Siege? Sei es, wie es sei, Ihr Sohn hat es ver-

dient, mich als die kennenzulernen, die ich bin, und darin seinem Vater zu folgen.
Und so sehe ich denn dem nächsten Besuch des Majors, der recht bald erfolgen sollte, voller Ungeduld entgegen.
Ihre ergebenste Lady

Postskriptum
Ob Sie so freundlich sein wollen, lieber Freund, und dem Herzog ausrichten, so Sie ihn zuerst sehen, dass nächstens bei mir im Hause Wachteln aufgetragen werden. Ich bitte ihn daher, sollte er diese probieren wollen, pünktlich zu kommen, da es bei der Zubereitung dieser Speise genau zu befolgende Regeln zu beachten gilt.

Präsident von Walter an Lady Milford

den 13. August

Verehrteste Lady, liebste Freundin, im Dienst war er also, mein Herr Sohn. Dagegen ist nun allerdings nichts einzuwenden, ist er doch Offizier, und ein Offizier ist zuerst und überall im Dienst. Überall, nur nicht in Gegenwart einer Dame! Und schon gar nicht einer solchen Dame, wie Sie es sind, My Lady.
Allein, mein Sohn ist jung. Jung und unerfahren, ein Kind fast noch, und ich darf Ihnen versichern, auch ein gestandener Mann läuft vor Ihrer blendenden Erscheinung Gefahr, seiner selbst unsicher zu werden. Der Unterzeichner dieses Briefes mag Beweis genug dafür sein.
Und was die Mode und die Menschheit angeht, nun ja.
Was wäre die so ausdrückliche Betonung des Letzteren denn anderes als eben eine Mode? Eine Mode freilich der

letzten Saison, und was gibt es Unpassenderes als diese? Aber wer wüsste das besser als Sie, ma chère? Allenfalls noch der Hofmarschall, der seit einer halben Stunde vor meiner Türe steht, vor die ich ihn bestellt habe, um ihm Auftrag zu geben, Ihre und meines Sohnes Verbindung bei nächstpassender Gelegenheit offiziell bekanntzugeben.
Sie sehen also, dass ich nicht vorhabe, meines Sohnes Schamhaftigkeit noch länger Raum zu geben. Es gibt eine Grenze zwischen einem Reich, das man Kindheit nennt, und jenem, das aus der Notwendigkeit entsteht. Und diese Grenze hat mein Sohn spätestens mit seinem Eid auf den Herzog überschritten, und wenn nicht, dann wird es höchste Zeit. Vor allem, da auf ihn eine Belohnung wartet, um die ihn jeder, der einigermaßen bei Verstand ist, beneidet.
Am meisten, er gesteht es, Ihr ergebenster Diener
Präsident von Walter

Postskriptum
Der Herzog befindet sich gerade in dringenden Geschäften, sodass es mich wundern würde, könnte er auf die diffizilen Umstände Rücksicht nehmen, in denen sich Ihre Wachteln befinden.
Gleichwohl wird er sich gewiss die Zeit nehmen, wenigstens das Dessert zu probieren.

Lady Milford an Präsident von Walter

den 14. August

Verehrter Herr Präsident,
Sie werden mir verzeihen, wenn ich mich in meinem letzten Brief an Sie nicht hinreichend deutlich ausgedrückt habe.
Ich bitte nicht darum, ich fordere es nicht, nein, ich erwarte, dass Ihr Sohn innerhalb kürzester Frist seinen Verpflichtungen mir gegenüber nachkommt und sich erklärt: vor Ihnen, vor der Welt und vor Gott. Aber vor allem vor mir.
Mit einem Wort, ich betrachte mich als verheiratet. Und zwar spätestens im Laufe des nächsten Monats, welchen Umstand ich im Übrigen auch vorhabe dem Herzog, bei welcher Gelegenheit auch immer, mitzuteilen.
Lady Milford von Norfolk

Präsident von Walter an Ferdinand von Walter

den 15. August

Mein lieber Sohn,
da ich Dich in letzter Zeit so gut als gar nicht zu Gesicht bekomme, so lass mich Dich daran erinnern, dass Du in Bälde heiratest und diesbezüglich noch einige Vorbereitungen zu treffen sind. Es vergeht keine Stunde, in dem mich alle Welt und vorzüglich der Hofmarschall von Kalb nicht daran erinnern.
In Erwartung Deines alsbaldigen, am besten sofortigen Erscheinens verbleibt Dein Dich liebender Vater.

Ferdinand von Walter an Präsident von Walter

den 19. August

Heiraten, lieber Vater? Und wen, wenn ich fragen darf? Doch nicht etwa diese Lady Milford? Wenn dem so sein sollte, so lassen Sie mich daran erinnern, dass zwar von Besuchen meinethalben, vom Hofmachen sogar, aber ganz gewiss nie von einer Heirat die Rede war. Sollten Sie also darauf spekuliert haben, dass ein paar Visiten bei der Lady notwendig zu dem von Ihnen gewünschten Ergebnis führen, dann haben Sie sich getäuscht.

Ihr Sohn

Präsident von Walter an Ferdinand von Walter

den 20. August

So, getäuscht habe ich mich also? Es scheint so. Dachte ich bisher einen gehorsamen Sohn zu haben, muss ich nun im Alter, da ich seiner bedarf, wie er lange Jahre meiner bedurfte, erleben, dass ich schändlich im Stich gelassen werde. Und dies in einer Angelegenheit, die von einiger Bedeutung ist, wie ich meinte Dir schon ausführlich erläutert zu haben. Aber da Du Dich anscheinend entschlossen hast, die Briefe Deines Vaters nur beiläufig zur Kenntnis nehmen zu wollen, wiederhole ich mich gern, in der Hoffnung, wenigstens für dieses Mal Deine ungeteilte Aufmerksamkeit zu finden: Die Lady ist die Favoritin des Herzogs. Heiratest Du also die Lady, wird sich mein Ein-

fluss, den ich mich jetzt schon rühmen darf auf Ihn zu haben, ins schier Endlose steigern.
Ist das so schwer zu begreifen?
Dein Vater

Ferdinand von Walter an Präsident von Walter

den 21. August

Ganz und gar nicht. Es geht Ihnen, wie gewohnt, einzig um sich. Warum heiraten Sie denn die Lady nicht gleich selbst?
Ihr Sohn

Präsident von Walter an Ferdinand von Walter

den 22. August

Das würde ich auch tun, ohne eine Sekunde zu zögern, wenn sie nicht unbegreiflicherweise einen Narren an einem Narren wie Dir gefressen hätte.
Dein Vater

Ferdinand von Walter an Präsident von Walter

den 23. August

Dann werde ich mich bei meinem nächsten Besuch in aller Form von der Lady verabschieden, um Ihnen, bester Vater, den Vortritt zu lassen, wie es sich für einen gehorsamen Sohn gehört.
Ihr Sohn

Präsident von Walter an Ferdinand von Walter

den 24. August

Wie Du meinst. Hauptsache, Du besuchst sie überhaupt.
Dein Vater

Ferdinand von Walter an Präsident von Walter

den 25. August

Ich besuche die Lady, Vater, aber seien Sie sich gewiss, dass es das letzte Mal sein wird. Sollte ich dadurch Ihre Pläne gestört haben, so tut mir dieses leid. Ich bin überzeugt, dass Sie nur mein Bestes bezwecken, so sehr Sie sich auch bemühen, diese Tatsache zu verbergen.
Ihr Sohn

Sophie an Luise

den 27. August

Luise,
ich fürchte, ich muss ein ernstes Wort an Dich richten.
Der Major war gestern bei der Lady zu Tisch. Beruhige Dich, er war so unhöflich, wie es gerade noch anging, ohne Skandal zu machen. Schlimmer ist, dass die Lady dieses wohl bemerkte, es sie aber in keiner Weise von ihrem Entschluss abzubringen vermochte, den Major für sich zu gewinnen. Im Gegenteil. Sie ist entschlossen. Ich weiß zwar nicht recht, zu was, aber ich fürchte ernsthaft, dass es nichts Gutes ist.
Es ist nicht unsere Welt, Luise, und wir tun gut daran, dies nicht zu vergessen. Auch wenn der Major so ganz anders scheint, ja selbst wenn er es wäre, es bleibt seine Welt, und wenn er sie verlassen wollte, so fürchte ich, Luise, ließe sie ihn nicht gehen.

Luise an Sophie

den 29. August

Die Welt, von der Du sprichst, kenne ich nicht, habe ich doch immer nur eine gesehen, die, in der ich lebe. Und Du auch, scheint mir. Jedenfalls begegnen wir uns in ihr recht oft, was so schön ist, dass es unbedingt so bleiben soll und auch so bleiben wird. Es sei denn, Du hast doch recht mit der anderen Welt. Dann lebst Du vielleicht in einer Welt und ich in einer zweiten und noch ein anderer sogar in einer dritten.
Aber wäre das so schlimm? Gibt es nicht schon verschie-

dene Menschen und Tiere und Pflanzen, warum dann nicht auch Welten? Vielleicht ist es ja dann noch bunter und schöner, wer weiß es, und wenn nicht, macht das auch nichts. Zum Schluss und vor Gott ist doch alles wieder gleich.

Wenn ich das nicht schon immer gewusst hätte, so jetzt, da Ferdinand und ich nun schon den dritten Tag hintereinander die Kirche besuchen, sehr zum Erstaunen unseres guten Pfarrers. Der ist desgleichen nicht gewohnt, und obgleich der Major bei jeder Zusammenkunft bestimmter meine Nähe sucht, wird der ehrfürchtige Mann hoffentlich noch immer glauben, dies geschähe ganz allein zum Lobe des Herrn.

Aber tut es das nicht auch? Kann es vor dem Angesicht Gottes denn etwas Schöneres geben als die Liebe? Und wir lieben uns, Sophie. Wüsste ich es nicht vom ersten Tag an, da ich ihn gesehen habe, so wüsste ich es seit gestern Nacht.

Ferdinand kam zu mir, ich schlich mich aus dem Haus, er hob mich auf sein Pferd, und wir ritten zu einem geheimen Ort.

Es war ganz seltsam dort, schön und still, aber doch auch ein wenig unheimlich, wenigstens so lange, bis Ferdinand die Kerzen angezündet hatte, die er zuvor dorthin gebracht hatte, wie er mir später sagte.

Mir wäre es allerdings lieber gewesen, er hätte es mir nicht gesagt, war mir doch, als wären die Kerzen schon immer da gewesen und hätten nur darauf gewartet, entflammt zu werden, um alles in ein so schönes Licht zu tauchen.

Man hätte meinen können, jedes Liebespaar auf dieser Welt hätte sich zum ersten Male dort getroffen.

Sophie an Ferdinand von Walter

den 1. September

Verehrter Herr Major,
wer Unglück vermeiden kann und keine Vorkehrungen dagegen trifft, muss für wenig klug erachtet werden, wobei wenig klug es nicht trifft. Dumm müsste es heißen.
Und da ich nicht dumm bin, Herr Major, sehe ich mich verpflichtet, Sie zu warnen. Als Sie gestern aus dem Salon, in dem Sie die Lady empfangen hatte, wenig später so eilig hinausstürmten und sich mit einer Miene verabschiedeten, als würden Sie eher in gleich welchen Krieg ziehen wollen, als jemals wieder das Haus der Lady zu betreten, war es eine lange Zeit still geblieben.
Endlich war die Lady mit einem Brief in der Hand erschienen, den sie mir befahl, sofort zu besorgen. Der Brief war an Ihren Vater gerichtet, Herr Major. Und Sie wissen wie ich, was dieses bedeuteten kann, ja, ich fürchte, bedeuten wird.
Und deshalb bitte ich Sie inständig, bedenken Sie noch einmal, was dieses Mädchen ist, das von Ihnen auf dem bewussten Marktplatz bemerkt wurde. Nichts anderes als ein Kind nämlich. Ein Kind, das die Welt nicht kennt. Und wie auch?
Saß es doch, bevor es Sie traf, den ganzen Tag zu Hause und machte nichts anderes, als Flöte zu üben und Gedichte zu lesen und Tagebuch zu schreiben und vor sich hin zu träumen. Und wenn der Traum auf einmal kein Traum ist, sondern ganz lebendig und in glänzender Uniform vor ihr steht … Ja, was dann, Herr Major?
Wollen Sie Luise als Erster zum Weinen gebracht haben? Der Erste sein, der ihr den Glauben genommen hat, alle Menschen seien gut zu ihr? In Ihrer Erinnerung bleiben

als der, der ihr die erste und somit größte Enttäuschung bereitet hat?
Es liegt in Ihrer Hand, Herr Major, dies jemand anderem zu überlassen.
Sophie

Ferdinand von Walter an Sophie

den 3. September

Verehrte Mamsell Sophie,
Ihr Brief ist in einer sehr düsteren Stimmung geschrieben. Sie leben offensichtlich in Unfrieden mit sich und der ganzen Welt. Und deshalb frage ich Sie rundheraus: Sie schreiben nicht zufällig neben Ihrer Tätigkeit als Zofe einen Roman? Dergleichen Parallelen sind ja seit einiger Zeit in Mode, und der ungewöhnlich dramatische und gleichsam dichterische Ton Ihres Briefes deutet darauf hin.
Liebe Mamsell, nichts liegt mir ferner, als in Sie dringen zu wollen. Aber kann es nicht sein, dass, wenn Sie einmal heiter und unbeschwert sein wollen, es nur für sich sein können, an Ihrem Schreibpult, oder in einem eng begrenzten Zirkel um sich herum? Mit einem Wort, kann es sein, dass Sie Ihre Freundin ganz für sich allein haben wollen? Seien Sie versichert, dass ich fest glaube, Sie zur Freundin und Beschützerin zu haben kann ein durchaus angenehmer Zustand sein. Nur läuft man leicht Gefahr, mit einem Zuviel an Zuwendung gerade das Gegenteil des Erwünschten zu erreichen. Und das Erwünschte ist doch, jeden Menschen, ob Kind oder Greis, glücklich zu sehen. Denn jeder Mensch hat ein Recht darauf, glücklich zu sein, ja, mehr noch, er hat die Pflicht dazu.

Sie schreiben von der Lady Milford und meinem Vater. Sie haben recht anzunehmen, dass beide Pläne hegen, aber haben sie, und vorzüglich mein Vater, nicht auch das Recht und sogar die Pflicht dazu? Und die Lady? Sie will etwas besitzen, schreiben Sie. Nun, soll sie wollen. Etwas haben zu wollen und es tatsächlich zu haben sind zweierlei Dinge. Und überhaupt – was kümmern mich die Pläne der anderen, habe ich doch meine eignen. Und da ich Sie als gutherzige, wenn auch vielleicht zuweilen etwas schroffe Person habe kennenlernen dürfen, deren unbedingter Zuneigung sich Luise sicher sein kann, sollen Sie die Erste sein, die von meinen Plänen erfährt.
Ich werde noch heute bei Luises Vater um die Hand seiner Tochter anhalten, und wenn nicht heute, dann in jedem Fall noch in dieser Woche.
Hochachtungsvoll
Ferdinand von Walter

Hofmarschall von Kalb an den Präsidenten von Walter

den 4. September

Bester Herr Präsident,
beiliegend ein Entwurf der besprochenen offiziellen Bekanntmachung der Hochzeit Ihres verehrten Sohnes mit Lady Milford in zwei Ausführungen.

Hiermit gibt Seine Exzellenz, Dr. jur.
Präsident von Walter, die bevorstehende Hochzeit Seines
Sohnes, Herrn Majors Ferdinand von Walter,
1. Gardekürassierregiment, mit Lady Milford,
aus dem Geschlecht derer von Norfolk,
bekannt.

oder auch

Wie das präsidiale Sekretariat heute bekanntgegeben hat,
ist die bevorstehende Trauung des
Majors Ferdinand von Walter,
Gardekürassierregiment, und der hochwohledlen
Lady Milford
aus dem Hause derer von Norfolk
in das offizielle Herzogliche Amtsblatt
unter der laufenden Nummer H1/0309/84
aufgenommen worden.
Aus diesem Anlass lädt das Paar zu Opera
Dido sowie anschließendem Feuerwerk.
Weiterhin wird Freibier verfügt.

Ich erlaube mir, darauf hinzuweisen, dass Variante 1. nur auf Anregung Ihres Buchhalters in Betracht gezogen wurde.
von Kalb, Hofmarschall

Präsident von Walter an Hofmarschall von Kalb

den 4. September

Glaubt Er, mein Sohn sei ein Bauer oder somit auch Sohn eines solchen? Numero zwo natürlich! Und beeil Er sich, das Papier an jedes Stück Mauer in der Stadt zu kleistern, das Er finden kann!
P v. W

Ferdinand von Walter an Luise

den 5. September

Luise, wenn Du diesen Brief früh am Morgen in Deinen Händen hältst und Du also vermutlich gleich zum Markt gehen wirst, bitte ich Dich dringend um eines: Die Plakate, an denen Du gleich vorübergehen wirst – beachte sie nicht. Nimm sie am besten überhaupt nicht zur Kenntnis. Gehe unbeirrt Deinem Tagewerk nach und denke dabei allenfalls an Deinen Ferdinand, der Dich lieb hat.
Ferdinand

Ferdinand von Walter an Präsident von Walter

den 5. September

Vater! Nur so viel: Sollten Sie diese Infamie veranlasst haben, so lassen Sie mich Ihnen hiermit sagen, dass ich nicht im Entferntesten gewillt bin, mich von vermeintlichen Tatsachen, die Sie oder eine andere meinen geschaf-

fen zu haben, zum Ehemann machen zu lassen. Schon die Vorstellung macht mich schaudern – fast möchte ich mich übergeben.
Ich sage Ihnen und bitte Gott darum, dass Sie mir glauben: Eher verlass ich diese Welt als gemeiner Soldat, eher als Einsamer, dem nie das Glück des häuslichen Friedens an der Seite einer geliebten Frau gegönnt war, und eher als Sohn ohne Vater, als dass ich alles verrate, woran ich jemals geglaubt und von dem ich bisher dachte, Sie hätten es mich gelehrt.
Ihr Sohn

Präsident von Walter an Ferdinand von Walter

den 6. September

Mein Sohn, Du wirst diese Welt verlassen, wie es Gott gefällt. Ob als Soldat, General, Ehemann oder Witwer ist dabei zu guter Letzt ganz gleich. Lass Dir das von einem alten Mann gesagt sein. Und Sohn bist und bleibst Du in jedem Fall, genauso wie ich Vater, ob wir das nun bedauern mögen oder auch nicht.
Im Übrigen bitte ich ernsthaft darum, Dich nicht so anzustellen. Glaub mir, es segelt sich auf dem offenen Meer weitaus angenehmer, wenn man weiß, dass man bei Gelegenheit einen Hafen anlaufen kann.
Dein Vater

Ferdinand von Walter an Luise

den 7. September

Da ich meine Luise kenne und so bestimmt weiß, dass sie nicht anders konnte, als doch eines der Plakate zu lesen, so bitte ich Dich darum, wenigstens laut über den Inhalt desselben zu lachen. Und zwar jetzt gleich. Wirst Du das tun? Gehst Du jetzt vor Deine Türe und lachst laut? So laut du kannst? So laut, dass die ganze Welt hören kann, dass Du keine Sekunde glaubst, Dein Ferdinand könne jemals eine andere zur Frau nehmen als seine Luise!

Ferdinand von Walter an Lady Milford

den 7. September

Verehrte Lady!

Wie Sie selbst entnehme ich den an jeder verfügbaren Mauer dieser Stadt angebrachten Plakaten die Neuigkeit unserer baldigen Hochzeit. Es versteht sich von selbst, dass es sich bei dieser Ankündigung um einen Irrtum handelt, der allerdings Sie, meine Gnädigste, auf das Peinlichste bloßstellen muss.

Ich versichere Ihnen hiermit, dass ich mit dieser Angelegenheit nicht das Mindeste zu tun habe. Gleichwohl fühle ich mich persönlich auf das Äußerste inkommodiert und werde nicht ruhen, bis ich den Verantwortlichen für dieses Bubenstück zur Rede gestellt habe.

Des Weiteren bitte ich Sie, Ihren Einfluss beim Herzog geltend zu machen, um diese Angelegenheit so schnell als möglich aus der Welt zu schaffen. Etwa in Form einer nochmaligen Plakatierung in der Stadt, die die vormalige,

wenn nicht ungeschehen, so doch wenigstens ungeglaubt machen muss.
Ergebenst
Major Ferdinand von Walter

Lady Milford an Ferdinand von Walter

den 8. September

Herr Major!
Dass Sie sich persönlich auf das Äußerste inkommodiert fühlen, wie Sie sich belieben auszudrücken, verwundert doch.
Meine einzige Erklärung hierfür ist, dass Sie glauben, ich würde denken, Sie selbst hätten die Ankündigungen unserer bevorstehenden Verbindung an die Mauern gekleistert. Seien Sie versichert, dass ich diese Vorstellung äußerst charmant finde und es also nicht den geringsten Grund dafür gibt, sich wie auch immer zu fühlen. Und was nun mich selbst angeht, ist mir, was Sie betrifft, nichts peinlich.
Der Herzog hat mir im Übrigen schon gratuliert und durchblicken lassen, dass er gedenkt, Sie, mein lieber Major, noch vor unserer Hochzeit zum Obersten zu machen. Ein Gunstbeweis für Sie wie für mich, der uns beiden Anlass genug sein sollte, endlich das zu tun, was die Welt von uns erwartet. Denn die Welt, Ferdinand, die Welt hat immer recht.

Ferdinand von Walter an Luise

den 10. September

Luise.
Da weder Du mit mir reden willst noch Dein Vater, ja selbst Deine Mutter nicht, bleibt mir nichts, als diesen Brief zu schreiben. Auch wenn ich nur zu gut weiß, dass er nichts zur Erklärung helfen wird, ist er doch nur ein Fetzen Papier. Papier, wo wir uns nur einen Moment lang ansehen müssten, um zu wissen, dass alles Lüge ist.

Ferdinand von Walter an Präsident von Walter

den 10. September

Vater!
Ich bitte Sie darum, diesen Brief aufmerksam zu lesen, denn es wird der letzte sein. Und bitte Sie umso drängender, als dass ich schon immer fürchten musste, was auch immer ich unternehme, jedes Mal aufs Neue Ihrer Gleichgültigkeit zu begegnen.
Erinnern Sie sich, Vater? Vielleicht der Strickweste, an der ich unter Anleitung meiner lieben Amme ein ganzes Jahr lang strickte, um sie Euch an Weihnachten mit ängstlichem Herzen zu überreichen? Achtlos habt Ihr sie an einen gerade neu in Dienst genommenen Diener weitergereicht. Oder an jenes von mir selbst verfasste Gedicht, in dem ich all meine Liebe und Ehrerbietung zu offenbaren gedacht hatte? Als ich es an Ihrem 50. Namenstage vorlas, empfing ich nur höhnisches Gelächter, in das alle Umstehenden pflichtschuldigst einstimmten. Und was ist

mit dem Bogenschießen, in dem ich den dritten Preis gewann?
Es ist genug, Vater! Lassen Sie es gut sein und bedenken Sie, wer ich bin. Doch Ihr Sohn.
Ihr einziger Sohn, soweit ich weiß. Wie Sie mein einziger Vater. Und haben Sie nicht selbst gesagt, dass wir nun einmal Sohn und Vater sind, gleich ob es uns passt oder nicht?
Ich bitte Sie also, gehen Sie in sich, nehmen Sie die Hand, die ich Ihnen reiche, und verzeihen Sie mir! So wie ich Ihnen verzeihe!
Und dann – leben Sie wohl.

Präsident von Walter an Oberst Körner von Gustdorf

den 13. September

Bester Körner,
erst heute Morgen habe ich an Dich gedacht und nicht zum ersten Mal bedauert, dass es uns in der letzten Zeit so gar nicht gelingen will zusammenzukommen. Sei es zur Jagd, zu einem tüchtigen Trunk oder am besten zu beidem. Aber so geht es. Mit den Jahren wachsen die Sorgen, mag auch sonst alles weniger werden. Und da hilft alles Jammern nicht.
Nun habe ich aber doch eine Sorge, die mich dazu zwingt, Dich, mein Lieber, um einen Gefallen zu bitten. Du kennst meinen Ferdinand, seit er als Kind auf Deinen Knien herumgerutscht war, und jetzt, da er unter Dir dient, noch umso besser.
Und sicher hast Du die offizielle Verlautbarung bezüglich

seiner Verheiratung mit der Lady Milford vernommen – und bist ebenso neidisch wie ich auf den jungen Kerl. Schon ein kapitales Weib, diese Lady!
Nun ist es so, dass ich fürchte, der Trubel und die Vorfreude (sic) lenken den Jungen denn doch zu sehr von seinen Obliegenheiten als Offizier ab, denn Offizier ist er und soll er bleiben, ob verheiratet oder nicht.
Ich bitte Dich daher zu überlegen, ob es nicht möglich wäre, eine Übung zu befehlen, möglichst weit ab von zu Hause. Auf dass ihm dergestalt noch einmal seine Pflicht als Soldat und Sohn in den Schädel gebracht wird. So für vier Wochen dachte ich.
Hab Dank im Voraus.
P v. W

Oberst Körner von Gustdorf an Präsident von Walter

den 14. September

Mein braver von Walter!
Immer noch ganz der Alte, was?
Kabale, wo man hinschaut, wie? Tja, man wird halt, was man ist. Und ich doch immer wieder zufrieden, Soldat zu sein und nichts anderes!
Manöver also? Meinetwegen. Kann nie schaden.
O v. K

Sophie an Ferdinand von Walter

den 16. September

Herr Major!

Beiliegend ein Brief Luises an Sie, den sie sich schließlich entschlossen hat mir zu geben, auf dass ich ihn an Sie sende. Sie fühlte sich genötigt, diesen letzten Brief an Sie zu schreiben, um sich und Ihnen etwaige Nachfragen und Erkundigungen zu ersparen. Und da er nun einmal geschrieben ist und ich damit beauftragt wurde, ihn in einen Umschlag zu stecken, diesen mit Ihrer Adresse zu beschriften und an Sie zu senden, nehme ich mir die Freiheit, Herr Major, meine Frage an Sie noch einmal zu wiederholen, auf dass Sie sich diese selbst beantworten.

Wollten Sie Luise enttäuschen? Wollten Sie sie zum Weinen bringen? Der Erste sein, der ihr den Glauben nimmt, alle Menschen seien gut zu ihr? Nun, wenn Sie dieses wollten, so haben Sie es erreicht. Luise hat geweint, sie ist enttäuscht, ja, mehr noch, sie hat das Vertrauen verloren, und – das Schlimmste von allem – sie ist kein Kind mehr. Warum haben Sie das getan? Warum haben Sie, obgleich Sie wussten, welche Pläne Ihr Vater mit Ihnen hat, jeden Gedanken an die Konsequenzen, die diese Pläne für Luise haben müssen, so leichtfertig in den Wind geschlagen?

Aber warum auch immer – es ist zu spät. Zu spät, zu bedauern, was geschehen ist und was nun geschehen wird. Sie werden heiraten, Herr Major, mögen Sie glücklich werden. Aber ich fürchte, Sie werden es nicht, denn glücklich zu sein, wenn ein anderer Ihretwegen unglücklich ist – das, Herr Major, will ich denn doch nicht von Ihnen annehmen.

Sophie, Zofe

Luise an Ferdinand von Walter

den 15. September

Ich schreibe Dir zum letzten Mal, Ferdinand.
Ich weiß jetzt, dass Du mich nicht liebst und dass auch ich Dich nicht mehr lieben darf. Und ich weiß auch, dass ich Dir die Kette zurückschicken muss, die Du mir geschenkt hast. Nur kann ich es noch nicht. Jetzt noch nicht. Aber bald, ich verspreche es, wird es mir gelingen, denn mit Hilfe der Vernunft und dem Willen wird man schließlich doch mit allem fertig. So heißt es ja.
Du scheinst mir sehr entschlossen, Ferdinand. Nur entschlossen zu was? Zum Unglücklichsein? Ist es so? Dann tust Du mir leid. Ich wünschte, ich könnte Dir helfen. Vielleicht sollte ich in die Stadt laufen und jedes Deiner Plakate von den Mauern reißen, um an seiner Stelle eines aufzuhängen, auf dem zu lesen steht, dass ich, Luise Miller, Dich, Ferdinand von Walter, liebe. So sehr liebe, dass es auf der ganzen Welt nicht genug Mauern gibt, es bekanntzugeben.
Aber es ist zu spät. Und so bleibt mir nur, zu versprechen, Dir später doch noch einmal zu schreiben, nur um zu beweisen, dass ich vielleicht mit der Zeit ruhiger werde.
Denn ich weiß wohl, dass ich noch einen zu großen Anteil an allem nehme, obwohl ich mir jeden Tag gelobe, an nichts mehr zu denken. An kein Wort, an keinen Blick, an nichts.
Aber ich weiß jetzt schon, dass ich es nicht kann, mache ich mir selbst doch die bittersten Vorwürfe. Vor sich selbst und seinen Verfehlungen kann man nun einmal nicht fortlaufen.
Und vor seinen Dummheiten auch nicht. Hätte ich Dir damals auf dem Marktplatz nicht so deutlich mein Inter-

esse gezeigt, wer weiß, vielleicht hättest Du schließlich sogar angefangen, mich wirklich zu lieben. Könnte das nicht sein?
Ich glaube es fast. Und das wäre schrecklich. Wenn die Liebe Gleichgültigkeit hervorrufen kann, und die Gleichgültigkeit Liebe, dann wäre doch beides nichts. Dann wäre die Liebe nichts. Nichts, wo sie alles sein müsste.
Nein, das kann nicht sein. Und es darf nicht sein! Nein, es ist alles richtig, so wie es ist. Du liebst mich nicht. Und ich liebe Dich. Luise

Ferdinand von Walter an Luise

den 17. September

Und ich liebe Dich. Ich wollte, ich hätte Worte zu sagen, wie sehr, aber ich habe sie nicht – und überdies auch keine Zeit, denn ich bereite unsere Flucht vor.
Deshalb bitte ich Dich um Verständnis, dass ich auf Deinen Brief nicht näher eingehe, umso weniger, als dass ich nicht recht glauben kann, dass er von Dir ist. Jedenfalls nicht zur Gänze. Eher scheint es mir, dass Deine vortreffliche Freundin Dir bei der Abfassung geholfen hat, was ich ihr im Übrigen nicht weiter übelnehme, tut sie es doch, weil sie Dich gern hat. Nur so viel: Du schreibst von den Plakaten in der Stadt. Lass mich Dir sagen, dass ich mir nur deshalb nicht die Mühe gemacht habe, jedes einzelne abzureißen, weil sie von einem andern handeln. Es gibt keinen Major mehr, keinen Sohn, nur noch Ferdinand, Deinen Ferdinand. Und dieser hat Entschlüsse gefasst.
Man will mich verheiraten, will mich in einen faulen Handel zwingen mit ein paar Fetzen Papier, auf denen nichts

als Lügen zu lesen sind. Nun gut, so sollen sie die Wahrheit wissen. Gleich morgen werde ich bei Deinem Vater vorstellig werden und um Deine Hand anhalten. Schriftlich allerdings nur, denn morgen werden wir beiden schon bei meinem Freunde, Blasius von Böller, außerhalb der Grenzen dieses Landes Zuflucht gefunden haben. Um Deiner bangen Frage zuvorzukommen, versichere ich Dir, dass dies unbedingt nötig ist. Spätestens seit ich erfahren habe, dass mein Vater mich mit Gewalt von Dir entfernen wollte, indem er mich zu einem vollkommen überflüssigen Manöver hat abkommandieren lassen.
Ich wünschte, ich könnte meinen Vater für diese Ungeheuerlichkeit persönlich zur Rede stellen, und behalte mir, wie Du verstehen wirst, dies auch vor. Allein, im Moment sind andere Dinge wichtiger, vor allem, mein Liebstes, dass Du Dir beiliegenden Fluchtplan genau einprägst und ihn anschließend vernichtest.
Ferdinand

Postskriptum
Der Überbringer dieser Zeilen, mein treuer Bursche Friedhelm, wird beides überwachen und mir Bericht erstatten.

Ferdinands Fluchtplan

Mein Engel,
in fünf Tagen, präzise halb zwei am Nachmittag, noch einmal, in fünf Tagen, den 22., präzise halb zwei, sei im Chausseehaus zwischen Suffenhausen und Ludwigsburg. Dort warte, bis Du einer viersitzigen Chaise ansichtig

wirst. Auf dem Bock sitzt Friedhelm, in der Chaise ein Regimentskamerad. Da dieser naturgemäß die gleiche Uniform wie ich trägt, wird man ihn für mich halten. Du steigst auffällig zu ihm. Auffällig will heißen, dass ich Dich bitte, recht ängstlich und unruhig dreinzuschauen, so Du es nicht ohnehin schon tust, und außerdem Dein Gesicht zu verbergen, etwa mit Hilfe eines großen Hutes. So musst Du dem Wirt und etwaigen anderen Reisenden gegenüber als eine Person erscheinen, die etwas zu verbergen hat oder gar auf der Flucht ist. Sobald Du die Kutsche bestiegen hast, wird Dich Friedhelm zu einer nicht weit entfernten Wegeskreuzung bringen, von der ein kleiner Pfad zu einer Waldlichtung führt, auf der ich mit zwei Reitpferden warte. Die mit mir wartende Liebste meines Kameraden wird die Chaise besteigen. Sie hat in etwa die gleiche Statur wie Du und ist überdies mit einem grauen Reisekleid angetan, von dem ich weiß, dass Du ein ähnliches besitzt, und das ich Dich bitte, an diesem Tag anzuziehen. Während sie mit meinem Kameraden in Richtung Süden fährt, werden Du und ich im scharfen Galopp nach Norden über die Grenze reiten!
Ich bin mir sicher, dass es uns mit Hilfe dieses sorgsam überlegten Manövers gelingen wird, Verfolger auf eine falsche Spur zu lenken. Allerdings nur, wenn Du Dich genauestens an den Plan hältst.
Lies ihn also mehrmals und sorgsam, bevor Du ihn vernichtest, was ich Dich noch einmal bitte auf keinen Fall zu vergessen. Das Wichtigste ist, dass Du präzise um halb zwei am Chausseehaus bist. So nicht, ist alles verloren.
Ansonsten Stillschweigen!!
Dein Ferdinand

Postskriptum
Vergiss bitte nicht, dass wir zu Pferde sind, und nimm nur das Nötigste mit. Zwei Hemden allenfalls und ein gutes Kleid, welches Du, wenn möglich, unter dem besprochenen Reisekleid tragen kannst. Stiefel verstehen sich ohnehin.
Weiter bitte ich Dich, Dir keine Sorgen betreffs meines Kameraden und seiner Liebsten zu machen. Sie werden angeben, einen Ausflug gemacht zu haben.

Luise an Ferdinand von Walter

den 19. September

Mein Liebster!
Deinen Fluchtplan habe ich, wie Du mir aufgetragen hast, auswendig gelernt und anschließend vernichtet (vielmehr hat dies Dein Friedhelm besorgt).
Ich tat dies alles ganz wie von selbst, gleichsam automatisch. Doch nun, da ich eben dabei bin, mir zu überlegen, welches Reisekleid für mich das praktischste und dabei nicht gar so hässlich wäre (da fällt mir ein, dass Du mir ja aufgetragen hast, das graue anzuziehen), muss ich plötzlich daran denken, was es denn eigentlich bedeutet, was wir vorhaben, oder vielmehr Du. Verstehe mich bitte recht, mein Herz, ich bin durch Deinen Brief und fast mehr noch durch Deine Entschlusskraft und Deinen Mut, alles zurückzulassen, was Dir einmal etwas bedeutet hat, und allein der ganzen Welt die Stirn zu bieten, nun wieder voller Vertrauen in Deine Gefühle. Ich glaube im Leben keinem Plakat mehr, gleich was auf ihm zu lesen ist. Nur habe ich ein wenig Angst, dass ich es nur gestehe.

Bist Du denn wirklich sicher, dass wir das Rechte tun? Was wird Dein Vater sagen? (Von meinen armen Eltern will ich gar nicht reden.)
Wird er Dir, mir, kurz, uns, nicht die schlimmsten Verwünschungen hinterhersenden oder, noch schlimmer, uns vielleicht sogar verfolgen lassen? Über mich selbst will ich mir gar nicht so viel Sorgen machen, bin ich doch nur ein einfältiges Mädchen. Aber du bist Deines Vaters Sohn, Offizier, Major gar, und hast viel zu verlieren.
Könnte es da nicht sein, dass Dein Vater seine hohen Erwartungen an Dich auf das Schändlichste enttäuscht sieht? Und wird er da nicht schrecklich wütend sein? Man hört so viel in Bezug auf Verhältnisse zwischen Väter und ihren Söhnen. Meine Freundin Sophie ist sogar der Ansicht, diese Verhältnisse wären derart kompliziert, dass man als Frauenzimmer damit besser nicht in Berührung kommen sollte – was allerdings, finde ich, doch übertrieben und auch gar nicht möglich ist, es sei denn, man würde sich jeden Verkehrs mit Männern im Allgemeinen enthalten, was ich für meinen Teil ganz und gar ausschließe. Aber dass weißt Du ja am allerbesten, mein Geliebter!
Deswegen bitte ich Dich, all das, was ich Dir geschrieben habe, nur einmal kurz zu bedenken und nicht etwa zu glauben, Deine Luise wäre nicht bereit, mit Dir bis ans Ende der Welt zu gehen.
Luise

Ferdinand von Walter an Luise

den 20. September

Wie Du bemerkst, wird Dir dieser Brief von Deiner lieben Frau Mutter überbracht, die ich mich entschlossen habe in unsere Pläne einzuweihen und die Du, sei dessen versichert, als unsere Verbündete ansehen kannst. Ist sie doch wie ich der festen Überzeugung, dass wir wie füreinander geschaffen sind und es nichts weniger als eine Sünde gegen Gott wäre, wenn wir unsere Liebe nicht gegen alle Widerstände dieser Welt verteidigen würden.

Denn, wie heißt es doch im ersten Brief des Johannes: Gott ist Liebe. Wer in der Liebe bleibt, der bleibt in Gott, und Gott bleibt in ihm.

Luise an Sophie

den 22. September

Meine Liebste und Beste.

Ich schreibe Dir diesen Brief in einem Wirtshause sitzend!

Wärest Du hier, Du würdest mich auf keinen Fall erkennen.

Oder würdest Du eine ängstlich in die Ecke gedrückte Person mit Reitstiefeln und mit einem altmodischen großen Hut, der zu nichts passt, inmitten von rauchenden und biertrinkenden Kutschern als Deine Luise erkennen? Wohl kaum.

Nun wirst Du Dich fragen, was ich hier mache. Bevor ich Dir dieses mitteile oder besser gestehe, bitte ich Dich, meinen Brief einen Moment lang aus der Hand zu legen, zum

Fenster zu treten und hinauszuschauen. Und jetzt, da ich mich an Deine Stelle setzte und mir vorstelle, was Du in diesem Augenblick siehst, wird mir ganz traurig zu Mute. Weiß ich doch, dass ich unsere hübsche Stadt mit dem großen Kirchturm in ihrer Mitte sobald nicht wiedersehen werde. Vielleicht sehe ich sie auch nie wieder. Und mit ihr all die Menschen nicht, die ich lieb habe. Dich, meinen Vater, meine Mutter. Aber selbst wenn dies eintreten sollte, was Gott verhüten möge, bin ich doch fest entschlossen, meinem Schicksal mutig entgegenzutreten. Umso mehr, als dass es ja mein Schicksal ist, vor dem man sowieso nicht weglaufen kann, wie das Wort Schicksal schon sagt.

Kurz und gut, ich bin entführt worden. Nicht, dass man mich etwa gewaltsam des Nachts aus dem Hause geschleppt hätte. Nein, man muss sagen, dass ich mich habe entführen lassen. Ja, so ist es. Ferdinand hat mir seine Hand gereicht, und ich habe sie ergriffen. Was hätte ich auch anderes tun sollen? Hat er doch so gründlich mit seinem Leben gebrochen, dass es fast scheint, als hätte er ohne mich kein richtiges Leben gehabt. So wie ich ohne ihn keines hatte. Und müsste man dann nicht sagen, dass wir, da wir nur miteinander überhaupt am Leben sind, gar nicht anders können, als gemeinsam unserer Bestimmung zu folgen? Es sei denn, wir hätten vor zu sterben. Doch wir wollen nicht sterben. Im Gegenteil, wir wollen leben und glücklich sein, so gut und so lange es geht, wie jedermann.

Aber nun sehe ich einen großen Mann mit Schnurrbart in die Stube und direkt auf mich zutreten. Das ist Friedhelm, Ferdinands Bursche, der Dir noch nicht bekannt ist.

Sei also schnell umarmt und geküsst und sage meinen Eltern, dass sie sich nicht sorgen sollen. Ich sende Dir

so schnell als möglich meine neue Adresse, die ich Dich schon jetzt bitte auf jeden Fall geheimzuhalten.
Deine Luise

Wurm an Präsident von Walter

den 26. September

Verehrter Herr Präsident.
Die strenge Einvernahme des Hauptmanns * von * hat ergeben, dass Ihr Sohn schon vor mindestens 24 Stunden das Land verlassen hat. In welche Richtung, scheint nach der Überprüfung von zollamtlichen Unterlagen und Passierscheinsausstellungsprotokollen festzustehen.
Ich darf Eurer Exzellenz also versichern, dass ich mich auf der Spur der Flüchtenden befinde. Sobald ich ihrer habhaft geworden bin, sende ich Nachricht, um weitere Befehle entgegenzunehmen.
Wie immer ergebenst, Wurm

Präsident von Walter an Wurm

den 26. September

Aufspüren, wo auch immer. Zurückbringen, wie auch immer.
P v. W

Einen Monat später

Luise an Sophie

den 30. Oktober

Liebste Sophie! Endlich sind wir angekommen. Dabei weiß ich noch nicht einmal, wo, sind wir doch in den letzten Tagen so viel umhergeritten, dass es mir ist, als wären wir schon in Amerika. Fehlt nur noch das Meer, das ich mir hier auch wünsche, sieht es doch in dieser Stadt, oder eher in diesem Dorf, recht grau und trist aus. Ferdinand sagt, dass wir für höchstens ein halbes Jahr hierbleiben werden, dann hätte sein Vater ihm verziehen (er würde sich dann überlegen, ob er auf eine Versöhnung eingehen kann). Vielleicht hat er recht, aber was, wenn nicht? Und was, wenn mein Vater mir nicht verzeiht? Dann müssten wir vielleicht wirklich nach Amerika. Ferdinand erzählt mir jeden Tag von Amerika, vielleicht um mich aufzumuntern, sehe ich ihm doch an, dass er glaubt, ich wäre traurig. Ich bin aber gar nicht traurig, sondern nur ernst. Ich weiß, dass wir nicht zurückgehen, nichts ungeschehen machen können, selbst wenn wir es wollten. Und ich will es auch gar nicht. Das heißt, ich möchte nichts lieber, als meine Eltern und Dich wieder in die Arme zu schließen, aber ich bereue nichts von dem, was wir getan haben. Und Ferdinand auch nicht, das weiß ich. Du solltest nur sehen, wie er sich bemüht, mutig unsere gemeinsame Zukunft zu planen. Er hat die verschiedensten Vorstellungen von seinen zukünftigen Tätigkeiten, und stellt sich eine Absicht denn doch als unausführbar heraus, so fasst er sofort eine neue ins Auge.

Ich bin gewiss, dass ihm irgendwann etwas von dem gelingen wird, was er sich vorgenommen hat. Bis dahin sind wir allerdings ganz auf die Großherzigkeit unseres Gastgebers angewiesen, Ferdinands Freund, der freilich noch nicht am Ort ist. Und als wäre das nicht schlimm genug, hat dieser von Böller auch noch eine Aufwartfrau, Cornelia mit Namen. Sie weiß, dass ihr Herr uns erwartet, lässt uns aber bis zu seiner Ankunft trotzdem nicht ins Haus. So sind wir gezwungen, im einzigen Hotel am Ort zu übernachten, was wir uns freilich überhaupt nicht leisten können. Wenn Blasius von Böller nicht bald hier ist, können wir das Zimmer beim besten Willen nicht mehr bezahlen und dann …

Aber Ferdinand ist sich sicher, dass von Böller spätestens morgen eingetroffen sein wird. Da er es immer wieder aufs Neue schafft, mich mit Zuversicht zu erfüllen (weiß der Himmel, wie er das vollbringt), so bin ich es jetzt auch für dieses Mal.

Deine dich immer liebende Freundin Luise

Ferdinand von Walter an Miller

den 2. November

Hochverehrter Herr Kompositeur und Kapellmeister, lieber Schwiegervater!

Ich nehme mir die Freiheit, Sie so zu nennen, befinde ich mich doch in allerfreudigster Gewissheit, bald Teil Ihrer achtbaren und liebenswürdigen Familie zu sein. Sollten die Umstände, in denen ich mich befinde (und damit Luise und zu guter Letzt auch Sie und Ihre werte Frau Gattin), etwas aus der Ordnung geraten sein, bitte ich Sie, dies als nur ganz und gar vorübergehend zu betrachten. Schon die nahe Zukunft, dessen bin ich gewiss, wird uns ein ruhiges und zufriedenes Leben bescheren.

Vorerst allerdings gilt es noch einigen Widrigkeiten zu

begegnen. So ist zum Beispiel ein alter Freund aus Kadettentagen, Blasius von Böller, ein hervorragender Offizier und Kamerad und darüber hinaus ein wahrer Freund, der Luise und mir das generöse Angebot gemacht hatte, bei ihm Quartier zu nehmen, entgegen meinen festen Erwartungen noch nicht eingetroffen. So sind Luise und ich gezwungen, vorerst mit einem Zimmer in einem Hotel vorliebzunehmen. Ganz und gar nicht teuer zwar, aber bezahlt muss es doch werden. Sollte sich Blasius weiter verspäten, sehe ich mich eben dazu nicht mehr in der Lage, da meine Barmittel inzwischen so gut als wie erschöpft sind. Mit einem Wort, lieber Vater, um Luise die Peinlichkeit zu ersparen, aus dem Zimmer geworfen zu werden, sehe ich mich gezwungen, Sie um die Summe von 50 Talern zu bitten.
Für nicht länger als höchstens einen Monat, als Wechsel ausgestellt und verzinst natürlich. Denn ich lege Wert darauf, bester Vater, dass unser Verhältnis, über die ihm quasi natürlich innewohnende Zuneigung hinaus, von Anfang an durch gegenseitigen Respekt geprägt ist.

Miller an Ferdinand von Walter

den 6. November

So, von gegenseitigem Respekt soll es geprägt sein, unser Verhältnis, und Zuneigung soll ihm innewohnen?
Er nimmt mir also mein einziges Kind, schleppt es wie ein gemeiner Dieb bei Nacht und Nebel aus dem Lande, lässt mich und meine arme Frau über Wochen ohne eine Nachricht, und als Er sich dann endlich meldet, will Er nichts anderes als Geld borgen? Und dann hat Er noch die Frech-

heit, Zuneigung zu erwarteten, Respekt gar? Jetzt sage ich Ihm was, Bube!
Das Einzige, was Er von mir bekommt, ist ein Tritt in den Hintern, wenn ich Ihn denn noch einmal zu sehen bekomme!
Weiter habe ich Ihm nichts zu sagen. Nur, dass ich Luise eine Passage für die nächste Kutsche zurück nach Hause schicke. Einfache Fahrt, für eine Person, damit Er mich recht versteht! Habe Er wenigstens so wenig Anstand, das meinem Kind zu bestellen. Wenn ich nicht spätestens in drei Tagen Antwort von Luise erhalten habe, mache ich mich, so alt ich auch bin, selbst auf den Weg und hole sie.
Miller, Musikmeister

Postskriptum
Und Talent hat Er auch keines, noch nicht mal, um die Kuhglocke zu schlagen!!

Luise an ihre Mutter

den 9. November

Meine liebste und beste Mutter,
eben ermahnte mich Ferdinand zum wiederholten Male, endlich an Dich und den lieben Vater zu schreiben. Ich bin gewiss, Du weißt, dass ich dieses nicht etwa aus Leichtsinn noch nicht getan habe oder weil ich Euch vergessen hätte. Nein, ganz bestimmt nicht. Es vergeht kein einziger Tag, ohne dass ich an Euch denke und mir auch, dass ich es nur offen heraus sage, manche Vorwürfe mache, Euch so allein gelassen zu haben – ohne rechten Abschied und so lange ohne Nachricht. Es ist eigentlich gar nicht ver-

zeihlich, ich weiß es. Nur bitte ich Euch zu bedenken, dass dies nicht aus Gleichgültigkeit oder gar bösem Willen geschehen ist. Es ist nur so, dass ich, kaum hatte ich die Tür zur Kutsche geöffnet, auch schon darinnen saß. Und selbst wenn ich noch überlegt hätte, sie wieder zu verlassen, wäre es nicht gegangen, setzte sie sich doch sogleich in Bewegung. Und als ich schließlich in einer Stadt ankam, vor der ich noch nie gehört hatte, und auch noch im Dunklen, was hätte ich dann anderes tun können, als auszusteigen? So stieg ich also aus, und es kam eines zum anderen, gewissermaßen.

Es ist schon so, wie ich es einmal in einem Roman gelesen habe: Wenn man erst einmal dem Läuten der Glocke gefolgt ist, kann man nicht mehr so tun, als wäre man taub. Apropos taub.

Wir sind hier bei einem Freund von Ferdinand zu Gast, Blasius von Böller, einem ganz außerordentlich wertvollen Menschen, von dem Ferdinand mir vorerst nur erzählen kann, da er bisher noch nicht eingetroffen ist.

Von Böller ist wie Ferdinand Offizier, hat allerdings schon vor einiger Zeit seinen Abschied eingereicht und beschäftigt sich seither mit wissenschaftlichen Studien. Ferdinand bedeutete mir im Vertrauen, dass von Böller in einem Krieg Schreckliches erlebt habe und darüber melancholisch geworden sei. Er sei aber bemüht, diesen Umstand auf keinen Fall nach außen treten zu lassen, sodass er als besonders heiterer und angenehmer Mensch erscheine.

Sei es, wie es sei, von Böller ist, wie ich schon sagte, ärgerlicherweise noch nicht eingetroffen. Dies bedeutet, dass wir nicht, wie geplant, in seinem Hause Quartier nehmen können, sondern gezwungen sind, in dem einzigen Hotel der Stadt zu logieren. Daran Schuld hat die Aufwartfrau

von Böllers, Cornelia, die sich rundheraus weigert, uns in dessen Haus zu lassen, obwohl sie genau weiß, dass wir erwartet werden. Alles Zureden von mir und Ferdinand half nichts, weil diese Cornelia, wie wir jetzt herausgefunden haben, stocktaub ist (dafür aber ungewöhnlich stark: Ich habe selbst sehen können, wie sie ganz allein zwei Schweinehälften, und zwar beide zusammen, ins Haus trug).
Jedenfalls zwingt uns das ganz und gar blödsinnige Verhalten dieser Person, unsere an sich sorgsam eingeteilten Geldmittel mehr als geplant in Anspruch zu nehmen, sodass sie schon bedenklich zur Neige gehen.
Mit einem Wort, Mutter, ich muss Dich um etwas Geld bitten, bis von Böller eingetroffen ist. Da ich weiß, dass Du selbst über so gut wie keines verfügst, bitte ich Dich, auf Vater diesbezüglich einzuwirken. Ich weiß doch, dass er Dir auch nach all den gemeinsamen Jahren nichts abschlagen kann.
Deine Dich liebende Tochter Luise

Die Mutter an Luise

den 12. November

Meine liebe Tochter,
wie schön zu vernehmen, dass Ihr gut angekommen seid. Versuche Dir einfach vorzustellen, dass Du da, wo Ihr jetzt seid, Deine Flitterwochen verlebst, und sei glücklich. Der Alltag kehrt noch früh genug ein.
Und nun also diese Cornelia. Glaubst Du Deiner alten Mutter, wenn sie Dir sagt, dass es im Leben einer jeden verheirateten Frau solch eine Cornelia gibt? An dieser Stelle genügt es zu wissen, dass selbst Dein armer Vater

eine Nichte namens Cornelia besaß, was zu ernstlichen Verstimmungen zwischen uns führte. Diese konnten erst beigelegt werden, als besagte Cornelia endlich an den Blattern verstarb, übrigens kurz vor Deiner Geburt.
Und nun zum Geld. Geld habe ich leider keines, da hast Du recht. Auch der Vater nicht, und selbst wenn er welches hätte, würde er es nicht geben. Er ist nämlich auf Deinen Major gar nicht gut zu sprechen. Bestimmt weil er meint, Dich an ihn zu verlieren. Was ja auch stimmt.
Ja, und so wird Euch wohl nichts weiter übrigbleiben, als Euch an den Präsidenten zu wenden.
Bei dieser Gelegenheit kannst Du ihm ja auch gleich einen schönen Gruß von der Frau Miller bestellen, die sich freut, ihn bald einmal von Angesicht zu sehen. Auch Deinem Ferdinand bestell einen schönen Gruß von seiner und Deiner Mutter, die Euch beide von Herzen lieb hat.

Luise an Sophie

den 15. November

Meine Liebste und Beste, ich wollte Dir schon zürnen, da Du mir eine Antwort auf meinen Brief schuldig geblieben bist. Da fiel mir ein, dass ich Dir noch gar keine Adresse mitgeteilt habe. Und auch jetzt habe ich nur eine vorläufige, nämlich die des Hotels, in dem wir noch immer wohnen, weil von Böller noch immer nicht eingetroffen ist. Cornelia zeigt sich immer unzugänglicher, je länger von Böller ausbleibt, sodass sie sich inzwischen sogar weigert, unsere beiden Pferde bei sich unterzustellen. Wir waren gezwungen, sie gegen Miete im Hotel oder besser in dessen Stall unterzubringen, was uns frei-

lich überhaupt nur möglich war, weil ich mich bereiterklärt habe, den Kindern des Hotelbesitzers, ihm selbst und überdies sämtlichen Gästen des Hotels, die dies wünschen, umsonst Unterricht im Flötenspiel zu erteilen. Gott sei Dank hat dieser Hotelbesitzer nur zwei Kinder, von denen eines beständig krank ist und das andere noch zu klein, sodass nur der Besitzer selbst übrigbleibt, da außer uns auch keine weiteren Gäste da sind. Und selbst jetzt weigerte sich dieser Herr rundheraus, uns weiter in unserem Zimmer wohnen zu lassen. Hätte er sich nicht mit viel Mühe dazu bewegen lassen, uns in einer engen und stickigen Stube über dem Stall unterzubringen, wären zwar nicht die Pferde, aber Ferdinand und ich obdachlos! Und das, Sophie, obwohl das Hotel, wie ich schon sagte, leer ist!
Und dieser von Böller taucht und taucht nicht auf. Was, wenn er durch irgendwelche Umstände auf lange Sicht daran gehindert wird, zurückzukehren? Wie, wenn ihm etwas zugestoßen ist? Und was, Sophie, wenn es ihn gar nicht gibt? Versteh mich recht, ich vermute nicht etwa, dass Ferdinand ihn sich ausgedacht hat, um mir etwa vorzugaukeln, wir hätten ein festes Ziel, in der Absicht, meine Bedenken bezüglich unserer Flucht auszuräumen. Obwohl ich solche, wie Du ja weißt, durchaus hatte. Nein, abgesehen davon, dass ich mich weigere zu glauben, dass mich Ferdinand derart schamlos hätte anlügen können, gibt es ja genug Beweise für von Böllers Existenz. Sein Anwesen natürlich, aber vor allem diese abscheuliche Cornelia, bei der es mich übrigens ganz und gar nicht wundern würde, wenn es sich zum Schluss herausstellte, dass sie von Böllers Nichte ist.
Ja, Sophie, so stehen die Dinge. Und wenn Du mich jetzt, da ich dies schreibe, fragen würdest, ob ich alles noch ein-

mal mit mir geschehen lassen würde, wenn ich gewusst hätte, in welche Umstände ich mich damit bringe, so wüsste ich bei Gott nicht, was ich Dir antworten sollte.
Luise

Sophie an Luise

den 19. November

Endlich höre ich von Dir, Luise, und was ich höre, erfüllt mich mit der größten Sorge. Dass ich es Dir recht deutlich sage: Dein Verhalten wird mir immer unverständlicher. Schon Deine Abreise oder vielmehr die Umstände, unter denen sie erfolgte, war ganz und gar nicht das, was ich von meiner Freundin bislang gekannt hatte, und je länger all das fortgeht, desto weniger kann ich Dein Verhalten mit Deiner Person in Einklang bringen. Aber vielleicht hat alles auch ein Gutes. Denn beginnst Du Dich nicht langsam zu fragen, ob alles richtig gewesen ist, was Du meintest, so unbedingt tun zu müssen? Denkst Du nicht an die, die Du zurückgelassen hast und die gleichfalls ein Schicksal haben, nämlich das, Dich zu lieben? Ganz gewiss wird es so sein, sonst würde ich Dich gar nicht kennen. Und so lass Dir also sagen, dass es mit Ihnen nicht zum Besten steht, und auch mit jenen nicht, die Dich nicht lieben, wie zum Beispiel die Lady Milford. Dein Vater ist abwechselnd ganz trübsinnig oder schrecklich aufbrausend und überdies dabei, sich dem Trunk zu ergeben.

So kommen immer weniger Schüler zu ihm, und umso weniger, als dass Du ja nicht mehr die Flöte unterrichtest. Deine Mutter sitzt den ganzen Tag vor dem Haus und sieht starr auf einen Baum, mit dem sie, so munkelt man

in der Stadt, auch angefangen hat, eine Unterhaltung zu führen. Ich selbst fiel kürzlich sogar in Ohnmacht, ohne dass ich wusste, wie mir geschah, und das auch noch bei einer Gesellschaft der Lady, die dieses aber so gut wie gar nicht bemerkte. Denn auch sie ist, seit sie weiß, dass sie den Major nicht heiraten wird, ganz seltsam geworden.
Den ganzen Tag rennt sie mir im Hause hinterher und besteht darauf, mir helfen zu wollen. Kürzlich befahl sie mir sogar, zu Hause zu bleiben, während sie auf den Markt ging, um dort einzukaufen. Das erregte natürlich, wie Du Dir denken kannst, großes Geschrei. Und als sei dies alles nicht genug, munkelt man in der Stadt, dass der Präsident von Walter vor Kummer über seinen Sohn blöde geworden sei.
Kurz und gut, alle sind unglücklich, Du scheinst es mir langsam auch zu werden, und das, Du wirst mir zustimmen, kann unmöglich richtig sein.
Aber vielleicht musste das alles so passieren, denn ist es nicht so, dass in Momenten der größten Not die Rettung oft ganz nah ist? Im Übrigen, was ist eigentlich mit dem Herrn Major? Was tut er, was macht er, wie geht es ihm?

Postskriptum
Was für eine Nichte, Luise?

Luise an Sophie

den 24. November

Liebste Sophie,
dass es allen und auch Dir schlecht geht, betrübt mich zu hören. Allein, im Moment kann ich nichts anders tun, als auf bessere Tage zu hoffen.
Du fragst, wie es Ferdinand geht, und ich komme nicht umhin, eine gewisse Schärfe in Deiner Frage zu bemerken, die aber ganz und gar unangebracht ist. Ich darf Dir mitteilen, dass Ferdinand auf das Energischste bemüht ist, unsere Lage zu verbessern.
So hat er sich zum Beispiel dazu entschlossen, der Tauben bei einigen dringenden Verrichtungen am Hause von von Böllers zur Hand zu gehen. Ein an für sich geschickt überlegtes Unterfangen, da es Ferdinand auf diese Weise hätte vielleicht doch noch gelingen können, uns Zugang zu von Böllers Haus zu verschaffen – wäre ihm dabei nicht ein ärgerliches Missgeschick passiert. Bei dem Versuch, eine Schindel, wenn das der richtige Begriff ist, auf dem Dach des von Böller'schen Hauses anzubringen oder vielmehr sie mit der alten auszutauschen, hat er sich nämlich ein Bein gebrochen, als er vom Dach stürzte (kein Wunder, da Schnee auf dem Dach lag, worauf ich Ferdinand auch hingewiesen hatte).
Doch selbst jetzt, da sich Ferdinand kaum noch bewegen kann, bläst er nicht etwa Trübsal, wie es bei einem weniger charakterfesten Manne hätte durchaus passieren können. Im Gegenteil, er hat sofort damit begonnen, eine andere Tätigkeit in Angriff zu nehmen: Er schreibt seine Memoiren. Du kommst übrigens auch darinnen vor.
Luise

Postskriptum
Was die von Dir in Deinem Zusatze angesprochene Nichte betrifft, so muss es sich bei ihr um keine wirkliche Nichte handeln. Diese Art Nichten sind mehr als ein Gleichnis anzusehen.

Ferdinand von Walter an Präsident von Walter

den 25. November

Vater! Entgegen meiner Ankündigung sehe ich mich nun doch gezwungen, Ihnen einen weiteren Brief zu schreiben. Ich tue dies ausschließlich um meiner Kinder willen – jenen, die ich vorhabe mit meiner Verlobten zu zeugen. Diese wenigstens sollen nicht leiden. Nicht wie ich leiden, da Sie, mein Vater, mir keine andere Wahl lassen, als ein Leben abseits der guten Sitten zu führen – sogar abseits des allgemeinen menschlichen Konsenses, dessen erstes Gebot da lautet: Du sollst nicht töten! Und töten werde ich, und zwar mich!
Dies wird unweigerlich geschehen, wenn Sie mir nicht umgehend 100 Taler anweisen lassen. Sollten Sie sich jetzt behaglich im Sessel zurücklehnen und sich triumphierend vorsagen, dass Sie es ja gewusst haben, so tun Sie das.
Seien Sie sich aber gewiss, dass ich es auch gewusst habe, will sagen: Als Sie mich zur Flucht zwangen, wusste ich, dass ich Geld brauchen werde, und außerdem, wo ich es finden würde. Als Ihr Sohn hatte ich auch nicht die geringsten Skrupel, es dort zu suchen. Ich beschloss deshalb, die Schubladen Ihres Sekretärs im roten Salon aufzubrechen, was mir auch, mit einiger Mühe, wie ich zugeben muss, schließlich gelang. Allein, es befanden sich nur ei-

nige Münzen, etwas Tabak und ein Satz Pharao-Karten, versehen mit Portraits nackter Damen, darinnen. Nichts von Bedeutung also, und deshalb sehe ich mich nun gezwungen, jenes Geld von Ihnen zu fordern, das ich in Ihren Schubladen nicht vorfand. Was bedauerlich ist, denn hätte ich es dort vorgefunden, so müsste ich Ihnen diesen Brief nicht schreiben, und Sie, Vater, müssten ihn nicht beantworten.

Postskriptum
Sollten Sie in Erwägung ziehen, meinen Brief nicht zu beantworten (meine Erwartung an den Inhalt Ihrer Antwort bedarf im Übrigen wohl keiner näheren Erläuterung), so seien Sie gewiss, dass Sie das mehr kosten wird als den Inhalt sämtlicher Schubladen, die sich in Ihrem Palast anfinden mögen. Ich darf Ihnen mitteilen, dass ich begonnen habe, meine, oder besser Ihre Memoiren niederzuschreiben.
Und das, was nach meinem Tod in ihnen zu lesen sein wird, Vater, wird so furchtbar sein, dass Sie wünschen werden, ich hätte nie schreiben gelernt.
Ihr Sohn

Präsident von Walter an Ferdinand von Walter

den 1. Dezember

Mein lieber Sohn, Du wirst verzeihen, wenn ich Dir für heute nur so ein paar kurze Zeilen sende. Ich bin seit einiger Zeit leidend, sodass ich nur die nötigsten Geschäfte in der Lage bin auszuführen. Auch das nur aus dem Bette heraus, das ich so gut wie gar nicht mehr verlasse, ist mir

doch jeder Schritt zur Qual geworden. Dieser noch fortdauernde Schmerz an einer bestimmten Stelle auf meiner Brust, den ich bei starkem Einatmen, Husten oder Gähnen empfinde und der von einem Gefühl der Spannung begleitet ist, beunruhigt mich in manchen Stunden, da er durchaus nicht weichen will.
Dies für heute. Ich fühle mich erschöpft.
Dein Vater

Sophie an Luise

den 2. Dezember

Liebste Luise,
die Schärfe, die Du in meiner Frage zu bemerken glaubst, gibt, so sie tatsächlich vorhanden, nur den Grad meiner Besorgnis wieder.
Was nun von Walters Memoiren betrifft, war ich bisher der Meinung, dass solche zu schreiben etwas für alte Generäle oder Minister wäre. Glaubst Du nicht auch, dass es für Majore, die bisher nichts weiter vollbracht haben, als junge Mädchen zu entführen und von Dächern zu fallen, unpassend erscheinen könnte?

Postskriptum
Ein Gleichnis? Etwa wie das mit der Taube und dem Dach?

Luise an Sophie

den 6. Dezember

Ganz recht, wie das mit der Taube und dem Dach, oder doch so ähnlich. Aber darum soll es im Moment nicht gehen, Sophie, denn ich will Dir nicht verhehlen, dass mich der Ton Deiner Briefe zu ärgern beginnt. Doch darf ich Dir gleichzeitig mitteilen, den Entschluss gefasst zu haben, mich nicht ärgern zu lassen. Schon deshalb nicht, weil ich bezüglich Ferdinands Memoiren im Grunde der gleichen Ansicht bin wie Du, was ich ihm auch mitgeteilt habe.

Dieses nun hatte eine ganz und gar erstaunliche Reaktion meines Liebsten zur Folge. Ferdinand sprang auf, so gut es mit einem Bein ging, und warf die Memoiren ins Feuer. Dann noch ein paar auf dem Tisch befindliche Gläser und Teller an die Wände, mit Worten fluchend, die von ihm zu hören ich nicht für möglich gehalten hätte (selbst eingedenk der Tatsache, dass er Soldat ist, oder wenigstens war). Er verkündete schließlich, im Freien schlafen zu wollen, und wenn er dabei erfrieren würde, so sei ihm das ganz gleich. Erst nach einer Stunde beruhigte er sich wieder, bestand aber darauf, auf einem Bärenfell schlafen zu wollen, das zuvor an einer Wand gehangen hatte, was er dann auch tat. Allerdings nur so lange, bis ich Mitleid mit ihm bekam und mich zu ihm unter das Bärenfell begab, das freilich zu klein für uns beide war. Da schliefen wir schließlich doch im Bett.

Ist es nicht seltsam, wie die törichsten Vorhaben manchmal zu den erwünschten Ergebnissen führen? Sollte es dafür noch eines weiteren Beispiels bedürfen, so sei Dir gesagt, dass es Ferdinand tatsächlich zu gelingen scheint, das Vertrauen jener unmöglichen Person zu gewinnen.

Die aufopferungsvolle Selbstverleugnung, mit der er die Taube, sich auf einen Stock stützend, auf langen Spaziergängen durch meterhohen Schnee begleitet, ist nur ein weiteres Zeichen seiner unbedingten Liebe zu mir. Deshalb bin ich zu dem Entschluss gelangt, Ferdinands vorhandene Schwächen in Zukunft zu übersehen – und zwar vollständig.

Präsident von Walter an Ferdinand von Walter

den 6. Dezember

Mein lieber Sohn,
leider habe ich weder meinen angefangenen Brief an Dich (obwohl ich schwören kann, einen solchen geschrieben zu haben) noch Deinen Brief an mich gefunden. Das ist bedauerlich, da es mir endlich besser zu gehen beginnt und ich mich eben daranmachen wollte, Dir einmal ausführlich zu schreiben. Doch leider kann ich mich absolut nicht daran erinnern, was der Inhalt unserer jeweiligen Briefe war. Ich vermeine aber mich zu entsinnen, dass Du jene Strickweste erwähntest, die ich einmal zu Weihnachten von Dir geschenkt bekommen habe.
Ich weiß nun nicht, was es mit dieser Strickweste im Einzelnen auf sich hat, glaube aber, dass sie, da Du ihrer nach so vielen Jahren noch gedenkst, von einiger Bedeutung ist, jedenfalls für Dich. So lass Dir gesagt sein, dass Du Dir keine Sorgen um sie zu machen brauchst, sehe ich sie doch jeden Tag an unserem treuen Diener Joachim. Irgendwann muss ich sie ihm geschenkt haben. Aus Mitleid wahrscheinlich. Vielleicht aber auch, weil sie mir zu groß war oder in der Farbe nicht recht passend erschien.

Joachim jedenfalls hält sie nun jahraus jahrein in Ehren, sodass Du versichert sein kannst, dass Deine Weste noch fast so aussieht wie am Tage, als Du sie fertiggestrickt hattest.
Noch einmal also, sei unbesorgt ob Deiner Weste.
Dein Vater

Postskriptum
Bestell der Lady Milford einen Gruß von Ihrem treuesten Verehrer und sei glücklich mit ihr, denn eines lass Dir gesagt sein:

Mit ungehemmten Flügeln dringen
Wir jung wie Adler in die Luft;
Doch jeder Tag kürzt uns die Schwingen,
Und endlich sinken wir gelähmt zur Gruft.

Wurm an Präsident von Walter

den 10. Dezember

Sehr verehrter Herr Präsident,
als ich von dem Schlaganfall hörte, der Eure Exzellenz auf so heimtückische Weise ereilte, gab ich sofort Anweisung, meine Abreise vorzubereiten.
Ich saß schon in der Kutsche, um an Ihr Krankenbett zu eilen, als ich einen Moment innehielt, um Eurer Exzellenz Befehle noch einmal in mein Gedächtnis zu rufen. Hieß es nicht, den Flüchtenden zu folgen, wohin auch immer sie ihre Schritte lenken würden, so fragte ich mich. Sie auf keinen Fall und unter keinen Umständen aus den Augen zu verlieren?
Als ich mir diese Fragen beantwortet hatte, zögerte ich keine Sekunde, verließ die Kutsche wieder und bezog aufs Neue mein Quartier. Von dort aus habe ich einen ausgezeichneten Einblick auf das Haus, in welchem sich zu verbergen Ihr Sohn vorhatte.
Es gehört einem Hauptmann, Blasius von Böller, Kamerad Ihres Sohnes auf der Kadettenschule zu Kulm. Von Böller ist gefährlich, ein Utopist, schlimmer noch, ein Idealist. Beweise hierfür lagen schon in der Kadettenschule zur Genüge vor, weshalb von Böller schon im ersten Jahr von jener verwiesen wurde.
Sehr verehrter Herr Präsident, ich fasste, als ich die Akte über von Böller erhielt, augenblicklich den Entschluss zu einem nahezu vollkommenen Plan, um Ihren Sohn, den Major, auf den rechten Weg zurückzuführen. Von Böller ist nicht nur gefährlich, er sieht auch so aus (eine Beschreibung liegt vor mir auf dem Tisch): Hochgewachsene, kräftige, gleichwohl schlanke Gestalt, dichtes schwarzes Haar, blitzende Augen, ein ausgeprägtes Kinn, eine kühne Nase,

kurz, ein sogenannter schöner Mann – man kennt dergleichen. Es sollte deshalb davon auszugehen sein, dass die Demoiselle Ihres Sohnes ein gewisses Interesse an von Böller nehmen wird, das sich ohne große Schwierigkeiten weiter verstärken ließe, indem man einen angeblich von von Böller geschriebenen Brief kompromittierenden Inhaltes an Demoiselle sendet. Leider lässt sich dieser Plan nicht durchführen. Und zwar aus nur einem einzigen und mehr als ärgerlichen Grunde nicht: Besagter von Böller ist nicht am Ort! Aus welchem Grund auch immer und trotz der Tatsache, dass er sehnlichst von Ihrem Sohn erwartet wird, taucht er nicht auf.

Nun muss ich zugeben, dass mich diese schlichte Tatsache für einige Stunden in die tiefste Verzweiflung stürzte, aus der ich mich dann aber umso gestärkter wieder emporhob, denn, so sagte ich mir, ist es nicht gleich, von wem mein Brief vorgibt zu stammen? Genügt es nicht, dass er existiert?

Die Situation, in der Ihr Sohn und seine Demoiselle sich befinden, verschlechtert sich mit jedem Tag, da von Böller nicht erscheint und sie infolgedessen gezwungen sind, in einem teuren Hotel zu nächtigen. Die schon von vornherein nur begrenzten finanziellen Mittel Ihres Sohnes sind dadurch derart zusammengeschmolzen, dass Demoiselle sich sogar genötigt sah, ihren Flötenunterricht wieder aufzunehmen. Desselben Charakters übrigens wie im Hause Miller. Ein Umstand, der im Gemüt einer jungen Dame, die sich auf einer romantischen Flucht wähnte, sicher einige Ernüchterung zur Folge haben dürfte. Und dies umso stärker, je mehr das Bild ins Wanken geraten ist, welches sich Demoiselle von dem gemacht hatte, den sie zu lieben glaubte.

Ich bitte Eure Exzellenz also um Carte blanche und neh-

me mir, in Anbetacht Ihres angegriffenen Gesundheitszustandes, die Freiheit, die Erteilung derselben als gegeben voraussetzen.
Wie immer ergebenst, Wurm

Wurms Brief

Verehrtes Fräulein,
Sie kennen mich nicht, und doch muss ich Ihnen diesen Brief schreiben. Ihr Unglück gibt mir das Recht dazu. Es scheint so groß, dass ich nicht anders kann, als all meinen Mut zusammenzunehmen, um Ihnen zu sagen, dass Sie nicht allein sind.
Sie waren es seit Ihrer Ankunft nicht. Immer wachte ich über jeden Ihrer Schritte, und erst wenn ich annehmen konnte, dass Sie ruhten, begab ich mich selbst zu Bett. Dann schlief ich mit dem festen Vorsatz ein, Ihre Träume zu beschützen. Kein Albtraum sollte Ihren Schlaf stören, keine schlimmen Ahnungen Sie beunruhigen. Und wenn ich Sie dann am Morgen frohgemut vor mir sah, wusste ich, dass es mir einmal mehr gelungen sein musste, Ihre bösen Träume für Sie zu träumen. Denn seit Sie in meiner Nähe sind, mein Fräulein, träume ich Schreckliches. Und immer sind Sie es, der Unglück droht. Armut, Krankheit, Verrat Ihrer edelsten Empfindungen, kurz, alles, was sich an Argem denken lässt, griff in allen nur möglichen Gestalten nach Ihnen. Mal war es das Bild eines von Ihnen sehnlichst Erwarteten, der grässlich zerschmettert in einer tiefen Schlucht liegt. Oder eine böse Alte, die Ihnen in bitterster Kälte Zutritt zu einem behaglich wärmenden Feuer verwehrt. Und dann das Furchtbarste:

Gerade der Mensch, dem Sie am meisten auf der Welt dachten vertrauen zu können, dem Sie all Ihre Liebe und zärtliche Verehrung schenkten, lässt Sie am schmählichsten im Stich. Und warum? Weil dieser Mensch sich im Grunde seines Herzens verachtet. Denn hat nicht er den goldenen Frieden Ihrer Unschuld als Erster zerrissen? War er es nicht, der Sie Ihrem Zuhause so traurig entfremdet hat? Und Sie dann sogar bei Nacht und Nebel und unter Verletzung jedes Gesetzes aus dem Land geschafft hat wie eine gemeine Verbrecherin? Doch wer ist der Verbrecher? Doch nur jener! Und jener weiß es, dessen bin ich gewiss.

Und weil er es weiß, verachtet er sich. Und weil er sich verachtet, schweben Sie in höchster Gefahr. Glauben Sie mir, ein jedes Verbrechen wird aus Angst geboren. Und vor nichts hat das schlechte Gewissen mehr Angst, als dass es enthüllt wird.

Ich bitte Sie also inständig, mein Fräulein, fliehen Sie, so lange Sie noch dazu imstande sind. Kehren Sie zurück zu denen, die Sie lieben, und zu dem Leben, in dem Sie glücklich waren. Denn wenn Glück die Abwesenheit von Unglück bedeutet, waren Sie glücklich.

Ein Unbekannter

Sophie an Luise

den 20. Dezember

Meine liebste Luise,
als ich von Deiner Rückkehr in Dein Elternhaus hörte, war ich erleichtert und traurig zugleich. Erleichtert, da ich Dich wohlbehalten zu denen zurückgekehrt wusste, die Dich lieben. Und traurig, da die Verbindung zu demjenigen, den Du liebtest, so unglücklich geendet hat.
Traurig aber auch, dass ich Dich nicht mehr sehen konnte, da ich schon abgereist war. Die Lady war von einem Tag auf den anderen entschlossen, das Land zu verlassen, und hielt mich zur größten Eile an, alles Notwendige hierfür in Gang zu setzen. Das Haus war zu räumen, die Möbel zu verkaufen, das Gepäck zu packen, die Kutsche zu bestellen, und das alles in größter Eile. Fast schien es, als befände sich die Lady auf der Flucht, wie Du seinerzeit.
Und erst jetzt, da die Lady und ich schon weit gereist sind und nur eben eine kurze Rast machen, ehe wir endgültig die Grenze passieren, finde ich Gelegenheit, Dir das zu sagen, was ich gleich auf dem Marktplatz hätte sagen sollen, als Du den Major zum ersten Mal sahest. Aber damals hatte ich den Mut nicht, genauso wenig wie später, da sich in jedem Brief an Dich genug Gelegenheit fand, es nicht zu sagen.
Ich glaube ganz fest daran, Luise, dass alles im Leben sich in einem Gleichgewicht befindet. Ist man sehr unglücklich, so darf und muss man hoffen, denn es ist zu erwarten, dass sich die Waage in Bälde neigt und alles wieder ins Lot kommt. Ist man dagegen im siebenten Himmel und ganz und gar glücklich, so steht zu befürchten, dass man es nicht mehr lange ist.
Man kann nicht immer ganz glücklich sein, genauso we-

nig, wie man allzeit ganz unglücklich sein kann. Und es wäre auch nicht zu ertragen, dessen bin ich gewiss. Dass die Hölle nicht zu ertragen ist, das versteht jedes Kind – aber der Himmel ist es ebenso wenig, und das, Luise, ist ein Geheimnis.
Sophie

Luises Brief

Liebste Sophie,
Deinen Namen setzte ich nur aus Gewohnheit an den Anfang dieses Briefes, kann ich ihn Dir doch gar nicht zusenden, da ich nicht weiß, wo Du Dich aufhältst. Und so schreibe ich den Brief zuerst nur an mich. Vielleicht, dass ich ihn Dir gebe, wenn wir uns wiedersehen, was hoffentlich bald geschehen wird.
Es kann aber auch sein, dass dieser Brief gar kein Brief ist, sondern die erste Seite eines Tagebuches, das ich mir schon lange überlege zu beginnen. Schon auf dem Marktplatz, als ich den Major zum ersten Mal sah, dachte ich bei mir, dass es doch vielleicht richtig wäre, ich schriebe all das auf, was mir von nun an geschehen würde. Es ist nämlich so, dass mit mir seither tatsächlich in jeder Minute etwas geschah und in jeder etwas ganz anderes, als in der zuvor. War ich eben noch vergnügt und heiter, wurde ich von einem Moment auf den anderen ganz traurig, ohne dass ich hätte sagen können, warum.
Vielleicht weil alle um mich herum so gute Menschen waren? Meine Freundin Sophie, mein Vater, meine Mutter – alle waren immer gut und wussten auch immer, was zu tun und was zu lassen sei. Nur ich wusste das so gar nicht, und

so habe ich mich ausgerechnet in den Major Ferdinand von Walter verliebt.
Aber das ist ja noch nicht einmal das Schlimmste, denn verlieben kann man sich doch in wen man will, oder etwa nicht? Wenn ein kleines und ganz armes Mädchen sich in einen Prinzen verliebt, der eines Tages mit seinem Gefolge an ihrer Hütte vorbeigeritten kommt, weil er sich verirrt hat, dann wird doch niemand etwas Böses darüber sagen. Nein, alle werden sagen: Wie drollig ist das kleine Mädchen, dass es sich in einen Prinzen verliebt, wo es doch so arm ist. Aber bei mir war es von Anfang an nicht drollig. Gleich war es dunkel und gefährlich. Alle bekamen es mit der Angst zu tun, so als hätte ich eine ansteckende Krankheit. Aber warum nur? Ich habe so lange darüber nachgegrübelt, bis ich ganz wirr wurde.
Erst als ich diesen Brief vor meiner Tür fand, als wäre er für mich dort hingelegt worden, da wusste ich es plötzlich: Weil es kein Märchen war, sondern die Wirklichkeit, oder doch Wirklichkeit hätte sein können, hatten alle Angst.
Und da bekam auch ich Angst, zum ersten Mal in meinem Leben.
Auf keinen Fall durfte ich den Brief öffnen. Genauso wenig, wie ich Ferdinand fragen durfte, warum diese Taube plötzlich so heiter und unbeschwert an seiner Seite durch den Schnee stapfte oder was wir überhaupt an diesem Ort taten und wer dieser Blasius von Böller ist und ob es ihn überhaupt gibt und wozu wir überhaupt geflohen waren und vor wem und weshalb er mich hat glauben lassen, der ganzen Welt trotzen zu können.
Und so hob ich den Brief also nicht auf, sondern ging einfach weiter, und je weiter ich ging, desto leichter schritt ich aus. Es ist nicht so schlimm, so dachte ich bei mir, ich gehe nur nach Hause, zurück zu meinen Eltern und allen,

die mich lieb haben. Ich geh nach Hause, weil ich müde bin vom Umherreisen. Weiter nichts. Ich war jetzt einmal sehr glücklich und einmal sehr unglücklich, und nun lebe ich weiter. Ich bin ja noch so jung.
Als ich im Hotel angekommen war, traf ich auf Ferdinand, der auf mich gewartet hatte, so schien es mir. Ich wollte ihm eben meinen Entschluss mitteilen, nach Hause zurückzukehren, als er mich mitten im Satz unterbrach und in feierlichem Ton erklärte, dass er mir etwas zu sagen habe. Er zog mich an sich und gab mir einen zärtlichen Kuss. Dann hörte ich ihn sagen, dass er nichts auf dieser Welt so sehr liebe wie mich. Und mir deshalb sagen müsse, dass er einen Entschluss von einiger Tragweite gefasst habe. Da unsere Flucht so offensichtlich gescheitert sei, und zwar einzig allein durch seine Schuld, wie er nun zugeben müsse, sei er entschlossen, sein Leben fortan allein zu verbringen. Er hätte, da er mich unglücklich gemacht habe, jedes Recht verwirkt, selbst glücklich zu sein. Und deshalb bitte er mich, ihn allein zu lassen und nach Hause zurückzukehren. Er dagegen werde in die naheliegenden Wälder ziehen und als Räuber furchtbare Rache nehmen, an der Welt, die so alles dafür getan hatte, unser Glück zu verhindern.
Sprach's und sprang vor meinen Augen aus dem offenstehenden Fenster. Ich eilte hinzu und sah, dass Ferdinand tatsächlich auf sein Pferd gefallen sein musste, denn er galoppierte schon aus der Stadt. Am letzten Haus angekommen, drehte er sich noch einmal um, und mir war so, als winkte er mir zu.
Und nun bin ich also tatsächlich nach Hause zurückgekehrt und kann nur für mich hoffen, dass Ferdinand zufällig auf Sophie trifft. Vielleicht, dass ich auf diese Weise Mitteilung von ihm bekomme, denn seit er verschwunden

ist, spricht man in der Stadt zwar viel von ihm. Es ist sogar ein Steckbrief ausgehängt worden, mit einer zwar nicht besonders ähnlichen, aber durchaus vorteilhaften Zeichnung von ihm.
Ich selbst habe seither aber keine einzige Nachricht von ihm, und wenn das noch lange so weitergeht, bin ich fest entschlossen, nach ihm zu suchen. Vielleicht, dass ich Glück habe, und er überfällt mich.

Leander Haußmann
NVA

Roman
KiWi 895
Originalausgabe

Ideenreich und einfühlsam erzählt Leander Haußmann in seinem ersten Roman vom Schicksal seiner jugendlichen Helden in der Nationalen Volksarmee: von Henrik, der lieber nicht auffällt, und von Krüger, dem Rebell, der immer Ärger sucht. Die haarsträubend komischen, absurden, aber auch tragischen Geschichten, die sich hinter den Kasernenmauern abgespielt haben, hat Leander Haußmann auf ganz eigene und sehr persönliche Weise aufgeschrieben.
Parallel zu seinem großartigen Kinofilm über die NVA (Hauptrollen: Kim Frank, Oliver Bröcker, Detlef Buck) hat Leander Haußmann damit einen beeindruckenden Roman geschrieben, der sein beachtliches Können auch auf diesem Gebiet zeigt.

Paperbacks bei Kiepenheuer & Witsch KiWi PAPERBACK www.kiwi-verlag.de

A.M. Homes
Jack

Roman
Deutsch von Hans-Georg Noack
KiWi 979

Jack ist ein 15-jähriger Teenager, der wie die meisten Teenager einfach nur normal sein möchte. Auch wenn normal sein bei ihm heißt, Kind geschiedener Eltern zu sein und einen ziemlich merkwürdigen Freund zu haben. Als Jacks Vater ihm dann während einer Ruderpartie auch noch eröffnet, dass er schwul ist, ist für Jack nichts mehr normal.
Ein preisgekrönter Roman über das Drama des Erwachsenwerdens. Ein moderner Klassiker wie »Der Fänger im Roggen«.

»Ein bewegender Roman, und dazu ein sehr erfrischender. Jack ist so ein einnehmender, liebenswerter Mensch, dass man ihm mit Vergnügen zuhört.«

David Foster Wallace

»Eines der witzigsten Bücher, die ich je gelesen habe.«

Time Out

Nick McDonell
Der dritte Bruder

Roman
Deutsch von Thomas Gunkel
KiWi 947
Deutsche Erstausgabe

Mike hat Glück: Seine Eltern besitzen ein Ferienhaus in Long Island, berühmte Freunde gehen ein und aus, ihm wurde die beste Schulbildung zuteil, und sein älterer Bruder Lyle beschützte ihn, wenn ihre Eltern mal wieder stritten. Als er dann auch noch ein Volontariat bei einer Zeitung in Hongkong erhält, von wo aus er nach Bangkok geschickt wird, um dort über die Backpacker-Szene zu schreiben, scheint alles perfekt. Doch dann erreicht ihn die Nachricht vom Tod seiner Eltern und er muss zurück in die USA, wo sein Bruder ihn mit scheinbaren Wahnvorstellungen konfrontiert. Er behauptet, dass an allem ein dritter Bruder schuld sei. Was ist dran an dieser Behauptung?

»McDonell, der im Alter von 17 mit seinem Roman ›Zwölf‹ Furore machte, hat ein überzeugendes und von Herzen kommendes zweites Buch geschrieben. Fesselnd, mit unauslöschlichen Szenen und einem Helden, um den man sich sorgt.« *Kirkus Review*

Benjamin Lebert
Kannst du

Roman
KiWi 929
Originalausgabe

Gemeinsam gehen Tim und Tanja auf eine Interrail-Reise durch Skandinavien. Doch was zuerst als Zweckgemeinschaft gedacht war, entpuppt sich schnell als emotionales Abenteuer.

»Das Kunststück dieses Romans besteht darin, dass er keine Tragödie erzählt, sondern eine leichte, oft (besonders wenn es um missglückten Sex geht) auch komische Geschichte. Zwei junge Menschen prallen mit all ihrem gewaltigen, zugleich schrecklich banalen Lebensunglück aufeinander; und Lebert schildert das mit schöner Direktheit (...) nicht als große Katastrophe, sondern als die allerselbstverständlichste, allerschönste, allertraurigste Sache der Welt.« *Der Spiegel*

»Wunderkind, das war mal. Benjamin Lebert ist einfach ein sehr, sehr guter Schriftsteller. Und ›Kannst du‹ sein bisher bestes Buch.« *Brigitte*

Paperbacks bei Kiepenheuer & Witsch KiWi PAPERBACK www.kiwi-verlag.de